悬 疑 小 说 系 列

PSYCHOLOG

心理档案

遗物清单

LIST OF RELICS

秦森 主编

新世界出版社
NEW WORLD PRESS

HOME FEATURES ABOUT BLOG TEAM CONTACT

录用通知书

发件人：**M 市异常心理研究所** <yichangyanjiu.com.cn>

尊敬的 ____________________先生 / 女士：

您好！感谢您诚意应聘本公司 遗物整理师 职位，我们非常高兴地通知您，您已通过本公司面试，我们特向您发出正式邀请！

请您于明日 17:30 到公司报到，录用及入职细则详见附件《录用通知》。

我们真诚期望您的加入，祝您在新的岗位工作愉快！

M 市异常心理研究所

快捷回复给：M 市异常心理研究所

2 个附件

- PDF- 录用通知 .pdf
- PDF- 应聘者健康承诺书 .pdf

Name Email SUBSCRIBE NOW

记忆链接

你拿着工作牌推开档案室大门的瞬间，忽然觉得刚刚引导你完成入职手续的员工有些眼熟。而当你再去细想时，却发现根本记不起来那张脸具体的样子了。

有点奇怪，你并不是脸盲的人。

“咔嗒——”大门在身后自动关闭的声音唤回你的思绪，苍凉静谧的白炽灯光照射下，入目是一台保持开机的老式电脑。

远处紧密排列的高大档案柜就像一个个沉默的钢铁守卫，向你投来冰冷机械的视线。

很显然，除你之外，这里再无他人。

你走到电脑前坐下，电脑桌上两张被遗弃的废纸和一个破旧的收容袋引起了你的注意——

获得道具【工作记录】【遗物清单】【收容袋（内含 9 件道具）】，阅读【工作记录】【遗物清单】后请继续往后阅读。

记忆链接

那份残缺的遗物清单上，对收容遗物的部分描述让你感到一阵毛骨悚然。你直觉接下来或许会有一些诡异难言的事情将要发生，特别是那个没有任何记录描述、一片空白的“9 号遗物”……

所幸还有前任同事留下的工作记录，起码你现在知道你该干些什么了——补全遗物清单上的信息，才能完成最后的收容。

正当你打算着手去做时，眼前的电脑屏幕突然一黑，一个莹蓝闪烁的窗口弹了出来——

这是什么？视频通话软件？

但想要登录，还需要密码才行……

你紧紧盯着屏幕上悬停不动的弹窗，内心前所未有地感到一阵焦灼。

这个登录窗口就像一个毫无伪装的陷阱，诱使你向前一步。前方既是一切未知背后的真相，也是深不见底的暗渊。

你意识到你必须开始工作了，要快！

玩法 / 任务指引

1. 阅读正文的 8 个遗物故事，**根据故事中加粗的文字线索提示，**和【遗物清单】上的“收容时间”，将【收容袋】中的 9 个道具一一对应【遗物清单】上的“1—9 号遗物”，补全“遗物名称”和“生前所有人”的信息。
2. 解开【收容袋】中 9 个道具的所有谜题，并发送至微信公众号“404 乐园”，获取每个遗物对应的“遗物编码”。
3. 将收集到的“遗物编码”，结合【遗物清单】上的“收容时间”，解开“神秘视频通话软件”的登录密码，并发送至微信公众号“404 乐园”，获得最终的结局彩蛋。

“404 乐园”微信公众号

编号：0566

目录

编号 00-01

001

A)

(A)

NAME

废物回忆录

00-01

LIST OF RELICS

序号	遗物名称	收容时间	年龄
01		1990-5-13	
02		1992-4-18	
03		1994-6-1	
04		1994-8-2	
		1997-6-15	

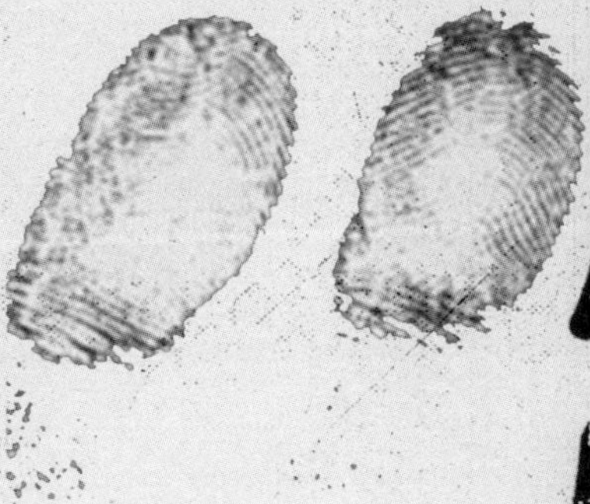

文→贺兰邪

遗物清单

废物回忆录

编号 001

LIST OF RELICS

1.

2018 年的深秋，我的快递柜里总是会出现一些莫名其妙的垃圾。

这些垃圾都被硬纸壳箱子包装成快递的模样，上面只有我的名字和地址。

门卫室的老李跟我母亲很熟，每次送快递的小哥将快递寄存在门卫室，老李就会打电话让我去拿快递，腿脚不便的我总需要隔三岔五就下楼跑一趟，这让我格外心烦。

每次我拆开快递，都会发现一堆没用的废物：泛黄的作文本、被掰了一半的橡皮擦、一盒水彩笔、四张幼稚的水彩画，甚至还有一个过期的喜之郎果冻……

一开始我以为这是谁针对我的恶作剧，根本无心去查看这些废弃垃圾，一律打包丢在家里的杂货间。

新到的包裹里面是一件藏青色的拉链毛衣外套，左胸处绣着一个金色的小太阳。尽管毛衣看起来十分老旧，靠近一闻依旧有一股香气扑鼻而来，像是被人刻意喷上香水，淡淡的香味让人回忆起往事。

我妈一眼就认出来这件毛衣是我的，那左胸上的小太阳是她亲自绣上去的。

这件毛衣已经丢失十年了。

那会儿我正读高中，有一年秋天，我去篮球场打篮球，运动时身体发热，我就把毛衣外套脱了，只穿了里面的一件单衣。打完球我忙着去买水喝，把毛衣忘记了。当我走进教室时冷风吹得我发抖，我才想起来，毛衣落在了操场。

等到最后一节课结束，我立马跑向篮球场，四处寻找，毛衣已不知所终。放学回到家后，我妈把我骂了一顿。

现在看来，如果这件毛衣跟我有关，那之前快递里的东西是不是也和我有关？

我从杂物间把那堆东西翻找出来，那个泛黄的作文本里面只有一篇作文——《我的偶像》。文中的字零零散散加起来有五百多字，作文本上的名字被人刻意抹去了。

我粗略将这篇作文看了一遍，文章大概描述的是这个写作文的人有个非同一般的偶像，这偶像在她的眼里堪比孙悟空，上天入地无所不能，总是能够在她最需要帮助的时候及时出现。作文里面用了十分夸张的描写手法将这个偶像一通彩虹屁吹上天。

她省略了一些细节，我只能看出当初她和我是同一个班级的同学，但我依然无法判断作文本的主人是谁。毕竟距离小学六年级已经过去十五年了，我怎么可能记得如此详细？

我唯一能够判断出来的是，写这篇作文的是个女孩。

快递盒子里有半块肉粉色的橡皮擦，这橡皮擦普普通通，是最常见的一种。另外，有四张水彩画，颜色搭配十分难看，且图画内容幼稚至极，一看就是小学生水准。

除此之外，还有一盒用过的水彩笔和一个过期的果冻，这几样东西都让我一头雾水。

十多年前的老物件，现在让我去回忆，我的脑子里一片空白。

我妈张萃平女士以一个过来人的身份，敏锐地察觉到这些物件背后的深层含义。

“这个给你送旧物的女孩一定是暗恋你的人。以前我读书的时候，班上的女孩就喜欢收集关于自己暗恋对象的一切物品。时隔这么多年，这个女孩还能把毛衣保存得这么完整，并且喷上香水寄给你，她一定很喜欢你吧。”

我抬头看向镜子里的自己——穿着一件单衣，头发已经很久没有修剪，胡子也没有刮，邋里邋遢，明明今年二十八岁，看起来却像是快四十的中年男人。

自从两年前出车祸，我的右腿被撞伤后，我的人生就发生了翻天覆地的变化。从云端坠入谷底，我再也爬不上去了。

我曾无数次想过去死，都被我妈拦住了。

她说她年轻的时候当教导主任存了不少钱，有足够的积蓄，即使是下半辈子她养我，也没有任何问题。更何况我这么优秀，以后一定可以东山再起的。

她给我的安慰很管用，我收拾好包裹，从大城市连夜赶回了家乡，一个十八线的小城镇。

在这里，我几乎不怎么出门，走得最远的地方就是下楼拿快递。我妈不愿意帮我拿快递，她说这点路可以锻炼我的腿。

我的腿是能够恢复的，如果长时间不用就会坏掉。

不管是从前还是现在，她总是用她的一套逻辑教育我。

回到家乡半年，我的日子渐渐变得安稳，我也找到了赚钱方法。我报了一个网课学习制图，一开始接的是一些简单的平面设计任务，渐渐地我也有能力成立一个独立的工作室接单了。

每个月赚四五千块钱已经足够我们母子生活，一切都在往好的方向发展。

人的温饱一旦得到满足，脑子里就会去想不着边际的爱情、婚姻。仿佛只要结了婚，自己这一辈子都有了着落。看着同龄的男人都已经组建了自己的家庭，而我每天只能抱着一只狸花猫，在这栋老楼里荒度余生，我的内心开始动摇。

我妈催促过我几次，让我去相亲，我都拒绝了。我不认为那些女孩会看上一个废物。

其实更让我难以接受的是落差感。

曾经的我非常优秀，不管是从容貌还是家世来看，追求我的女生都非常多。然而那场车祸让我毁容了，从左眼到下颌处留下了一块难看的伤疤，我出门都会戴着口罩，生怕吓到他人。

如果说曾经优秀的我可以意气风发、骄傲地拒绝许多漂亮女生，那现在的我去相亲，只会被那些女孩议论，然后她们会笑眯眯地冲我摇摇头，对我说我们还是做朋友吧。

这让我愈发不敢靠近所谓的爱情。

“少阳，试试看吧，万一这个女孩跟别人不一样呢？她喜欢了你十多年，你现在的日子已经变好了，有足够的能力去照顾一个家庭，你应该从过去的阴霾里走出来，拥抱新的生活。”

我被张萃平女士三言两语蛊惑了，抑或是我被自己孤独的内心蛊惑了。

2.

这个快递包裹和网购的快递包裹不同，盒子外部除了我的家庭地址和姓名，其余什么信息都没有。这就意味着这不是从正规物流公司发出的包裹，而是有人每天在固定时间来我们小区投递的。换句话说，这个快递员或许是女孩本人，也有可能是女孩花钱雇用的员工。

想要查找派件人其实很简单，我只需要在门卫室等待那个送快递的员工，就能得知这个女孩的信息。

我特地将自己拾掇了一番，胡子刮得干干净净，还去理发店理了头发，换了一身干净帅气的衣服前往门卫室。我期盼着自己在门卫室能够遇见这个女孩，无论如何我都想谢谢她能够喜欢我这么多年。

我在门卫室陪着老李聊了整整一个下午，这期间老李不断向我提起我小学、初中的事情。

在 1990 年到 2006 年之间，我们家在这个小区小有名气。

我的父亲林邀明是一家酒店的老板，母亲张萃平又是江暨县城最好的中学的教导主任。我从小学习成绩就不错，老师和家中长辈更是把我捧得高高在上。我一直以为自己将来会当个大人物，却未料高考前夕，家中会经历一场巨变。

那一年，我父亲迷恋上赌博，输得血本无归，连酒店都赔了进去。他无颜再面对我母亲，从酒店顶楼一跃而下，当场死亡。

打那以后，我家就从云端跌入谷底，我和母亲不仅要还父亲欠下的债，还要面对一些流言蜚语。

我再也没有办法像曾经那样当一个无忧无虑的小少爷。以前那些我的拥趸，也渐渐开始远离我，其中有些人甚至对我落井下石，果真是墙倒众人推。

老李在我们小区工作了十二年，他对我们家的事情了如指掌。

“少阳，你的情况我都听你妈妈说了。人生没有过不去的坎儿，我小时候体弱多病老出事，算命的都说我活不过十八岁。你看我今年都六十了，不也活得好好的？”

“是的，日子总得过。”我尴尬地笑着。

临近黄昏，突如其来的一场暴雨将整个小区都浇透了。

我看见一个身穿灰色连体工作服的男人撑着一把黑色大伞朝着门卫室走来。

“您好，这是林少阳的快递，麻烦帮忙签收一下。”

灰衣男人似不认识我一般，拿出一支笔让老李帮忙签收。

我越过老李，拄着拐杖来到男人面前。

眼前这男人看起来似乎跟我差不多大，身形清瘦如竹。他的长相较为普通，算不上好看，也算不上难看，是一张完全没有记忆点的脸。

我质问他：“你到底是谁？为什么要把这些东西寄给我？”

男人一脸不解，随即反应过来了。

“林少阳，你从外地回来了？”

根据他的反应，我立马明白，这个男人知道我之前不在江暨县。

“你认识我？”

男人指了指自己衣服左胸上的铭牌，我这才注意到他穿的那一身浅灰色工装其实是一套工作制服。

“我是弥留馆整理师，编号 009。”男人整理了一下自己的仪表，礼貌地递给我一张名片。

那名片上写着的弥留馆其实是一家遗物整理馆，而他就是这遗物整理馆里面的工作人员。

“有一位客人，在我们这里签了一份合同，在客人死后，我们需要把她的遗物一件件地寄给你。”

我的脸色变得极其难看：“你说之前寄的那些东西是什么？”

他客气微笑道：“遗物。”

“晦气。”

他并不生气，依旧笑得优雅从容：“林先生，遗物是他们存在于这世间的证据，我们并不觉得这是晦气之物。也许你也能从这些遗物当中寻找到一份关于你自己的记忆呢。”

我直言：“你就不能直接把她的信息告诉我吗？”

“抱歉林先生，出于公司规定，我们不能把客人的信息透露给您。如果您实在好奇，可以自己查看遗物寻找客人的信息。”

说完，他把今天的包裹递给我，我拆开一看，是一个信封，信封上依然没有多余的信息，只有我的名字。

009 朝我微笑：“林先生，回头见。”

他每隔两天就会来送一次包裹，下次见面就是两天后了。

我拿着那封信，拄着拐杖慢吞吞地走回家。

3.

林少阳:

展信佳。

近日以来，我送给你的礼物你都收到了吗？距离我们第一次遇见，已经过去了整整十六年吧。你贵人多忘事，一定都忘记了这些老物件的由来，可是它们在我手上却珍藏了许久呢。

接下来我会给你认真地介绍每一件物品的由来，你期待吗？

首先是那块橡皮擦，这是我寄给你的第一件礼物。

2000 年的夏天，那天我穿着奶奶送给我的新裙子去了新学校，班里的同学都觉得我很漂亮，他们都对我很好。我喜欢这个学校，这个学校比以前的任何一个学校都好。

那天上课，我忘记带橡皮擦，写错字没有办法擦掉。我不敢找人借橡皮擦，因为以前在学校都没有人借给我，不管我如何求助，他们对我的声音都充耳不闻。

那天，我还没有开口说话呢，就有一个男同学把自己的橡皮擦掰断了递给我。我想说谢谢，但是他特别傲娇地对我说，他多的是用不完的东西，我不用说谢谢。

那块橡皮擦的气味很好闻，有点像小时候吃的泡泡糖，甜甜的，让我心里特别暖和。

这是我来到这所学校接收到的第一份善意。

那个送给我橡皮擦的男同学就是你，林少阳。

我非常感谢你，你总是这么大方。

从那天开始我就注意到你了。林少阳，江暨小学六年级二班的班长，你成绩优异，家教良好，母亲还是江暨第三高中的教导主任。

我听他们说，你以后是要读三中的。

三中是江暨县最好的高中，你以后的前途一定灿烂耀眼，就跟你的名字一样。而我的名字是那么地不起眼。

如果说我暗淡无光的人生，一定要跟你扯上联系的话，那就是我的名字吧，我的名字是需要太阳的。

或许是因为需要太阳的照耀，你才会一直笼罩在我身边，给我的人生留下了如此绚烂的一笔。

你还记得吗？当初班主任向我们提起的那本小说《一个陌生女人的来信》。这么聪明的你，应该能明白我是在效仿这个电影里的女人吧。

好啦，今天第一个物件的故事就到此结束，有空我再跟你说说其他的。

祝你晚安好梦。

你的同学

我看完了这篇没头没尾的信件，心中越发觉得这个人离奇古怪。小学我确实是在江暨学校就读，我从小就是班里的班长，如果她真的如同信中描述的那样漂亮，我没理由记不住她。

我又让母亲翻出家里的老相册，找到我小学的毕业合照。

我们班里一共有 32 人，我一一排查过去，并没有找到符合信中所描述的那样的人。这照片里的每个人我都认识，难道有什么被我遗忘了吗？

她在信中写，她的名字需要太阳的照耀。与太阳相对的，难道是月亮或者星星吗？

我看了看那些女生的名字，里面有两个人的名字跟月亮和星星有关系，张思月和顾星。但前几年我听母亲提起过她们已经结婚生孩子了，不可能是她们。

我并不是一个文学爱好者，但《一个陌生女人的来信》我是知道的。作品讲述了一个女人在她生命的最后时刻，写下一封长信寄给作家男主，袒露了自己这一生的爱慕之情。并且在信中开头和结尾都写明，她和作家的那个孩子死了。

这让我有些惶恐，难道我跟这个老同学也有一个孩子吗？

我承认，在我没有出车祸之前，我身边的女友经常更换，可是我并不记得我有跟小学同学交往……她是在骗我吗？

我现在如同小说里的男主一样，对这个陌生女人的来信完全摸不着头脑。为此我特地找到小说又仔细看了一遍，生怕遗漏什么不一样的细节。

4.

在家里等了两天，又是黄昏，弥留馆整理师 009 送来了第二封信。

我不死心地追问寄信人的信息，他依旧以不能透露客户信息为由拒绝了。

林少阳：

展信佳。

我猜你今天还是没有想起来我是谁，但你一定把那本小说从头到尾看了一遍，对吗？

你总是这样，对于喜欢的东西、好奇的东西，总会掘地三尺地去了解，对于不喜欢的，甚至懒得多看一眼。

那我回答你一个疑问吧，你一定很好奇你跟我到底有没有孩子。答案是没有。

我敢确信你找不出我的信息，哪怕有一天我对你和盘托出，你也会瞳孔微震，然后随即轻笑一声，原来是这个人啊，不足挂齿。这一定是你最真实的反应吧。

你不了解我，从过去就不曾了解。可我却是了解你的，你的过去，你的现在。你看啊，就连你遗落在操场的毛衣，我也能将它小心珍藏。

上一次我讲了那个橡皮擦的故事，那接下来我再跟你说说那盒水彩笔的故事。

水彩笔的故事依然发生在小学阶段，那会儿我们有美术课，美术老师叫谢佳，她是六年级时期新来的老师。她是个已婚的中年妇女，因为结婚三年一直没有生小孩，再加上家里人不断给她施压，导致她对小孩很厌恶。这种情绪她时不时就带到课堂中，受害者便是你。

听到这里，你是不是已经开始害怕了。

当然了，普通小孩不需要害怕美术老师，可是你不一样，你最讨厌的就是美术课。

我记得那天谢老师给我们安排的课堂作业是“画一画你眼中的夏天”，我们每个人都很积极，因为夏天意味着暑假来临，可以去好多地方游玩，看见好多美丽的风景。

我们每个人都很积极地创作，而你却迟迟不愿意动笔。看着那一排排水彩笔，你不知道该拿哪一支。最后在谢老师的催促之中，你只能赶紧画图交作业。

到了评审环节，我看见谢老师的脸色有些难看，她点名要你去办公室。

那节课结束后，我因为要去办公室请假，刚好跟你同路进入办公室。我听见了谢老师对你的训斥。

“你每次上课都不专心听，我知道你成绩好，你不屑于这美术课。可是那又怎么样？进了课堂就是学生，上课专心听讲是必需的。

“你看看你画的都是些什么？红色的山，紫色的湖水，黑色的树，这就是你的夏天？你不会是色盲吧？”

我看见你的脸色十分难看，你直接推开谢老师，跑出了办公室。

后来当我返校，你找到了我，在我的耳边威胁：“敢把秘密说出去，我就把你的秘密说出去，让所有人都讨厌你。”

我只能答应你，帮你画美术课的作业。

那也是我第一次知道，红色的山，紫色的湖水，黑色的树，这不仅是你眼睛里的夏天，更是你眼睛里的每一天。

你是色盲。你隐藏那么多年，班里没有一个人发现你是色盲。

之前的美术老师对你很照顾，从来不点评你的作业，可是这个新来的老师她不知道，她折了你所有自尊心。

你是那么的骄傲，你不容许自己身上有一丁点儿缺点。哪怕色盲只是一种疾病，对你来说也是那么的可耻。

后来我就这样一直帮你画图，画到小学毕业。

我猜，你一定在小学毕业照上面查过哪个才是我，最终你什么也没有找到。因为那张照片上本来就没有我，我在毕业之前就因为某些原因离开了。

离开之前，你在我的桌子上放了一个果冻，我至今都没有吃。因为这个果冻并不是只有我一个人有，那天你爸爸来开家长会，他给每个同学都买了果冻。每个人都在夸你爸爸真大方，他长得帅气，像你一样帅气。

你知道吗，一直以来我都很羡慕你。因为后来的科技发展很好，色盲也有专属的色盲眼镜，能够帮助你看见正常的世界。你连这点微不足道的缺点也消失了，你成了一个完美的人。

高中时，我们再次见面了，而你已经不再记得我了，这在我的意料之中。我一直都知道你是一个没有什么耐心的人，所以阅读到这里已经很不容易了吧。你一定很想知道我到底在卖弄什么玄虚，你可能已经不期待我的下一封信了。

如果是四肢健全的你，你当然对此没有任何兴趣。

但如果你腿坏了呢？如果你不再是完美的林少阳，而是一个残疾人呢？你是不是就会坐下来，仔细思考我到底是谁？

我观察过你在变成残疾之后的人生，老实说我很开心。我开心地笑了好久，觉得你终于可以记住我了。

你一定会很想知道，你为什么会变成这样。

悄悄告诉你哦，你的经历并非意外。

晚安，林同学。

你的同学

读完这封信，我的手在颤抖，一直以来我都觉得两年前的那场车祸是意外，可是现在这个女人却告诉我，我的经历并非意外。

信件里她提到我是色盲，这确实是我的心病。从小到大，我都很害怕有人会发现我的病，因为张萃平跟我说过一个故事。

1989 年的秋天，张萃平刚和林邀明谈恋爱，便接到通知要去某个乡镇做助教。为了之后的事业发展顺利，张萃平去了。在那个穷乡僻壤，张萃平不慎被地痞流氓欺负了。

她本来打算寻死，恰好第三天林邀明为了追求她，不远千里跑去小镇找她。得知这件事，林邀明向她承诺，等回到县城他们就结婚，林邀明一定会守口如瓶。在那个年代里，女孩的贞洁非常重要。

张萃平见林邀明并不嫌弃自己，便嫁给了林邀明。

成婚后第二个月，张萃平发现自己怀孕了。

那个时候，她身体不好，如果把孩子流掉，那他们这辈子都无法再拥有一个小孩。

考虑再三，林邀明让张萃平把孩子生下来，他愿意把孩子当自己亲生的一样对待。这个孩子就是我。

我出生后，张萃平并不喜欢我，她一看见我就会想起自己当年的遭遇。可是林邀明却真正地履行着自己的承诺，未亏待过我一分。

我五岁时，张萃平和林邀明发现了我眼睛的异样。他们把我带进医院检查，最终我被诊断出色盲。

先天性色盲为 X 连锁遗传病，男性患者多于女性患者，表现为双眼视功能正常而辨色力异常。

他们两个人的眼睛都没有问题，如果被旁人知道我的眼睛有问题，那这桩往事肯定纸包不住火。

张萃平和林邀明从小就教育我，千万别在外人面前暴露自己是色盲。

美术课的插曲过后，我回到家向父母告了状，那天以后谢佳再也不敢点评我的画。

可是我并不记得当时我曾威胁过一个女同学帮我画图。我明明记得我找的是一个男生。

我突然想起快递盒里那四幅画，我觉得它颜色混乱，那是因为我现在戴着色盲矫正眼镜。如果我把眼镜取下来，那我看见的颜色就会和曾经的一样。

我赶紧把四幅画取出来，放在桌上摆好，又取下色盲矫正眼镜。这四幅画之前看着乱七八糟，根本看不出来画的什么，现在我看出来了，这是一个拼图。

我按照我眼中的颜色将图拼凑出来，画上是一栋老楼，旁边有一家茶馆，茶馆里面有个人在冲我打招呼。

这样的场景我在十多年前见过，是在江暨县百步梯街道。

当我拼凑完，发现拼图右下角有一排小字：来找我吧。

我顾不上吃晚饭，拿起拐杖直接冲出卧室，正在厨房做饭的张萃平看见我要出门，忙问：

“你要去哪里啊？要吃晚饭了。”

“先不吃了，我有急事出门。”

“是去找你的小女友吗？那你快去吧。”

我见她笑得合不拢嘴，懒得解释太多，拿着那幅拼图就出门了。

我家在江暨县龙南街道，到百步梯街道社区有二十分钟的车程。深秋的雨尤其多，我刚下车没多久，雨就噼里啪啦落下来。我为了避雨，钻进了一家老旧的卤肉店，我拄着拐杖没站稳，一下子摔到了地上，要多狼狈有多狼狈。

“小伙子，你没事吧？”老板大叔来到我旁边把我扶起来。

我赶紧举起手中的画问：“大叔，你晓得这个地方在哪里吗？”

大叔对这边显然特别熟悉：“这地方在五年前翻新了，你想找的这家茶馆可能已经没了。不过我可以带你去找这家茶馆的老板。”

老板收拾了一下，叫旁边店铺的人帮他看会儿店，然后带着我去找那茶馆的主人。

路上，我问老板这家茶馆的主人叫什么名字。老板警惕地看了我一眼，我推说我有个老同学好像住在这里，以前她对我很照顾，现在我想来看看她。

“你说的是小草吧？”

“小草？”我点头，“对，就是她。”

“小草已经不在了，这里住的是她的奶奶。老人家身体不好，一会儿你可别刺激她啊。”

穿过一个小巷子后，我来到了一座老式居民楼，老板带着我上了二楼，他敲了几下门，门开后我看见了一个头发苍白、身子佝偻的老太太。

“许姨，有个男娃娃找你咧，好像是小草的同学。”

老太太原本一脸茫然，在听见“小草的同学”后，脸上忽然露出笑容。

“孩子，进来吧，我眼睛看不太清楚，你随便找个地儿坐。”

我尴尬地进了屋子，老太太眯着眼睛皱着眉头，仔细地打量我。

我看见了墙壁上挂着的那张合照，小草是个男孩。

他长得眉清目秀，看着像个女孩，这屋子里还挂着几条漂亮的裙子，看着像是小女孩穿的演出服。

时过境迁，我终于想起了记忆之中的小草，他的大名叫李芽。

小时候，孩子们总是会戏弄那些长得白净的小男生，说他们行为举止像女孩子，故意学他们说话和翘兰花指。

李芽第一天出现在我们班的时候，他确实穿着裙子还戴着假发，不仔细看大家都以为他是个女孩。

我素来喜欢彰显自己的绅士品格，当他出现问题的时候，我毫不犹疑地把自己的橡皮擦送给他了。

后来，我发现这人很少去厕所，他不去男厕所，也不去女厕所。直到有一天我在男厕所撞见了他，我知道了他的秘密。

老实说，小孩子的接受能力很差，再加上大人们总是用“童言无忌”当借口，而我又觉得这种做法很好玩，我就把他的秘密泄露出去了——李芽喜好穿裙子。

他在班里待不下去了，拍小学毕业照的那天，他确实没来。因为我带头对他进行冷暴力，导致他在学校待不下去。

这些事情对我而言，完全就不算什么事，以至于十六年过去，我根本记不清自己有这么一位特殊的“同学”。

当许老太问我名字时，我没有说真名，而是编了一个假名字——钟善。

5.

“我家小草是个可怜的孩子，一年前的一场病把他带走了。”

许老太向我讲述了一个故事。

李芽的父母去世得早，他小时候唯一的安全感，就来源于母亲留下来的那几条裙子，只有在穿女装的时候他才会觉得自己能够获得极大的安全感。

可是在那个时代里，人们总觉得他很恶心。

奶奶带着李芽去看了好多医生，都没有任何效果，最后李芽哭着说："奶奶你就把我当孙女不好吗？您爱的是我，我是什么装扮又有什么关系呢？"

李芽说服了许老太，最后他决定装一辈子女生。他去了新学校。一开始他伪装得很好，没有人识破他的真面目。直到我撞见他去厕所，之后的事情就失控了。

许老太跟我骂道："钟善，你说这世上怎么会有林少阳这么坏的人？我家小孩不就是喜欢穿裙子吗？他又不是杀人放火，他还总喜欢做好事，为什么到最后都没能善终呢？"

她跟我说，小学毕业前，李芽准备了一套很好看的裙子，想要在小学毕业合照上留下自己最美的样子。

可是林少阳毁了"她"的梦想，还毁了他的人生。

全班都知道他是个喜欢穿裙子的怪物，每个人都在疏远他，甚至连老师都无法接受。

为什么偏偏就容不下一个小孩呢？

李芽在家哭了几天，最终在许老太的劝说下，李芽决定先转学去小镇读初中，等三年过去，大家把这个事情忘得差不多了，他再回来。

三年的初中生活结束，李芽努力考入了江暨县第三高中，他越来越习惯穿裙子，甚至给自己取了一个新名字——李瑶。

他考第三高中的目的很简单，只有读书才能改变人生，他想去大城市，就只有读江暨县最好的高中。

高中时期，我们并非同班。那时候，学校里许多人都在传，高二（四）班的李瑶身材高挑，容貌清秀，又总是独来独往，不管是谁邀约她出去游玩，她全都拒绝了。

而我年少轻狂，在放学路上堵住了她的去路。

她看见我的第一眼就慌了，手里抱着的书全都掉在了地上。她害怕地躲开，我却以为她是在害羞，丝毫没有想过我们以前认识。

我让她给个面子，周末跟我和几个同学一起去爬山烧烤，她本来也想拒绝的。听见我的威胁，她的恐惧又再次笼罩全身，不得不答应我。

爬山烧烤的那天，她走得很慢，我怕她跑了，就只能跟在她后面。所以当她脚下打滑，差点摔下去时，是我救了她。

我把她救上来，她居然可怜巴巴地问我："林同学，我们可以成为朋友吗？"

那时候我并不懂她这句话是什么意思，我以为她跟其他同学一样，图我的家境优渥，图我在这学校里的威名。

我嘲讽她："你别自作多情，我请你来，只是因为跟他们打赌了。他们说你总是一个人，谁都叫不动，我说我只需要一句话，你就会跟着我走。别说做朋友，就是做同学，我都不会记得住你的名字。"

我自以为很帅气地撂下这句话，头也不回地走了。

李瑶愣在当场，她的脚受伤了，其他同学抢着要背她，她都拒绝了，像受惊的兔子一样躲在一边。

那场聚会并不开心，躲在角落里的她就像是个麻烦精。

吃烧烤的时候，那群人看见我身上穿的衣服，没忍住笑了。

“你怎么戴个绿帽子，又穿个红衣服，里面还穿个绿衣服，这什么打扮啊。”

这群人真是哪壶不开提哪壶，李瑶却要逞英雄：“我觉得林同学很潮流，这个红配绿的打扮很时尚。”

我冷冷地盯着她，总觉得她在挖苦我这个色盲。

“滚。”

他们不懂我为何会突然发火，全都来劝说我。

“现在立刻给我滚下山，我不想看见你。”

李瑶迫于压力，只能一瘸一拐地下山了，第二天她去了学校，我在操场看见她，她的脚上已经肿了很大一个包。

后来某天放学路上，我撞见几个小混混围着她，我骑着自行车经过，对她喊了一声：“上车。”

她连忙跑过来，跳上我的车后座。我带她逃出那几个人的魔爪，她对我感激万分。

“谢谢就不用说了，我只是觉得你有点眼熟，才想帮你。”

李瑶害怕地低下头：“你觉得我跟谁长得像？”

“是有点像一个人。”

“他叫什么名字？你们关系好吗？”

“不记得了。”

“哦。”

“我也没有办法救你第二次，以后还是找几个女同学放学一起走吧。”

“我找不到……”

“那跟我有什么关系？”

“我能不能每天等你放学啊？”

我没有说话。

李瑶害怕被混混骚扰，更害怕那些女同学发现她的秘密，她只能选择每天下午等我一起放学。

她在我后面跟着，离着不远不近的距离。我多了一条小尾巴，一条对我没有什么影响的小尾巴。不过，这条尾巴好像十分开心。

学校举办年终晚会的时候，她偷偷塞给我一张纸条和一个苹果。

“林同学，你是我第一个朋友，曾经我以为我们不会做朋友的，谢谢你。我想告诉你一个秘密，其实我们以前是认识的，你记得‘李芽’这个名字吗？”

我只是粗略地扫了一眼这张纸条，就把它丢进了垃圾箱。

因为那天晚上回到家，我才知道我的父亲因赌博负债跳楼了。

我们家没有钱了，我在学校自然也就没有什么地位了。那些人不再怕我，我曾经欺负过的那些人，也开始羞辱我。

我从前不相信什么是报应，总是笑着跟他们说，没有钱就是今生最大的报应。如今这样的报应也轮到了我身上。

要想躲过他们的报复，我只有把他们的攻击转移到另一个人身上。我想起了那天丢在垃圾箱里的纸条，想到了那个小学喜欢穿裙子的李芽同学。李芽变成了李瑶，多好笑的一个笑话。曾经那些欺负他的人，居然在他变成了李瑶后开始讨好他。

只要我把这个信息散布出去，那他们的战火就会转移。

那一年，校园网站刚火，许多人都喜欢往里面爆料，真料假料鱼龙混杂。

我把编写好的有关李芽的故事全都发了出去，不到三天，学校里的风向变了。那群讨伐我的同学，转眼就开始对着李瑶指指点点，仿佛她做了什么罪大恶极的事情。

李瑶家里没有电脑没有手机，她根本不知道发生了什么。放学后她照例来找我，我厌恶地看着她："你就别骗我了，你是个男生，全校都知道了。"

我变成了被李瑶欺骗的受害者。

李瑶红着眼睛："林少阳，我真是天真，居然相信你会变成好人。"

李瑶扛不住压力辍学了，而我的日子也渐渐归于平静。

平静之后的日子，我除了学习，还是学习。我要离开这座小县城，我要去更大的地方，我要让这群人看看，即便他们之前唾弃我，我依然可以东山再起。

走出这座小县城，我把"李芽和李瑶"这一出乌龙全都忘得一干二净。毕竟他的事情连路边的一块绊脚石都算不上。

大学毕业后，我进入一家公司，凭借自身的聪明才智，我很快成为老板眼中的红人。可我依旧不满于此，我想成为我父亲那样的商人。在听到一个不错的生意合作机会时，我把自己工作两年的积蓄全投了进去，但我失败了。

那天我坐着车赶去合作工厂那边质问，恰好一辆车跟我坐的车相撞。

人倒霉时，喝水都塞牙，我不仅钱没了，还被撞废了一条腿。

后来我才知道那个所谓的合作原来是一场骗局，我还是太年轻了。

在经历这一系列连环打击之后，我一蹶不振，最终返回江暨县苟延残喘。

如今，这个李芽却在信里告诉我，那并不是意外。

难道是他策划了这场骗局？

6.

“钟善，我想起来之前李芽回过一趟家，他说如果有同学来家里，就去他的书架里找那封信。”许老太从兜里摸出一把钥匙给我，“我眼睛不好，腿脚不利索，你自己去他卧室找找吧。”

我接过钥匙，走进李芽的卧室，一股腐朽的木头味儿扑面而来，我看见了一整面墙的书架。

那书架上摆放的不是书，全是我的照片。从我大学毕业到一年前的照片，李芽躲在暗处偷拍了无数张。

我在角落里找到了李芽给我的第三封信。

林少阳：

如果你看到这封信，那就证明你已经想起了我的名字，对吗？

你现在一定在心里咒骂我，我这种人居然有通天的本事，能够毁掉你的人生。但其实你的人生不是我毁掉的。

在你把我的人生毁掉之后，我每个日日夜夜都因为你难以入睡，你变成了我的心魔，你否定了我这么多年的所有努力，让我无法正常结交朋友。我会潜意识地觉得，我的朋友们都会变得和你一样，出卖我，唾弃我，把我推上风口浪尖。

为此，我只能日日夜夜地监视你。

仿佛只要你过得很差，我才能好受一点。

可是你真是上天的宠儿，哪怕你的父亲跳楼自尽，你家里背负了这么多债务，你依然没有自暴自弃，你甚至比以前更强了。

这让我心里很不好受，凭什么你能一直好下去，凭什么每次我觉得自己快要摆脱泥潭，却又要惨遭命运的毒打。

我迫切地等待着你犯错，等待着你变得跟我一样一蹶不振。

我终于等到了，我发现了你的贪心。

你不满足于现状，你想要过得比从前更好，你甚至学人投资。

可惜你找错了人，那个人这么拙劣的演技，你居然相信了，面对这么低劣的蛊惑，你居然不清醒地跟他签了合同。

你不知道，那天我开心了多久，你终于跌下神坛了。

这么聪明的你，居然会犯这么低级的错误。

我看见你一无所有，看见你打车要去质问那个跟你合作的男人。结果你坐的车和另一辆车相撞了。

从那一刻起，我终于相信了因果报应，这报应轮到你了。

你废了，你变成了废物。

我看见你坐在轮椅上，我迫不及待地去找你，我出现在你面前，你依然对我熟视无睹。

你的记忆一向很差，你又不记得我是谁了。

我问你，林少阳，你还记得我吗？我们之前是同学。你冷冰冰的，甚至没有多看我一眼。

然而就在同一天，我从医院拿到了我的体检报告。

多可笑啊，我用了一辈子来诅咒你，最终自己却得了胃癌。

医生说我最多还能活一年时间。

我拿着报告单，失魂落魄地走在大街上，正在这时，我无意间进入了一家遗物整理店铺。他们跟我说，他们会在顾客死后对顾客的遗物进行整理归纳，会把顾客生前最重要的东西交给顾客认为最重要的人。

我思考了很久，我这一生的悲惨都是拜你所赐，你就是我最重要的人吧。就像那本小说里的女主人公，在临死前才决定把这么多秘密告诉男人，我想以这种方式出现在你的生活中，你可能会多看我几眼吧。

如果我死了，你都还没能记住我，那我该有多遗憾啊。

于是我决定给你准备这些礼物。

我花了一年的时间，把我之前收集的那些东西整理归纳，最终选择了这几样东西寄给你。

我觉得按照你的记忆，你肯定不会记得这些东西。就算你知道这些东西是什么，你肯定也不会来寻找它们存在的意义。

我撒了一个谎。

我从一开始就把自己打造成一个爱慕你的人，你自幼就享受惯了别人对你的崇拜。我甚至还找来一个小学生写了一篇作文夸赞你，那篇《我的偶像》写的就是你本人，你林少阳确实是我的偶像，我这辈子做梦都想成为你这样优秀的人。

如果是在你没有受伤之前，你肯定会对一个不知名的爱慕者不屑一顾。

可现在不一样了，你受伤了，没有女孩喜欢你了，曾经在你身边的拥趸全都走了。

你是个孤家寡人，你一定会对我感兴趣的。

就算你对我的痴情不感兴趣，你也会对那场车祸感兴趣。

这是我撒的第二个谎。那场车祸不是我制造的，它完全就是天意。是上天听见了我的祈祷，你终于沦为废物。

天啊，你知道吗？写到这里我都笑出声了。

想到你这辈子都要坐在轮椅上，我会笑出眼泪。

只要你好奇这场车祸，你就一定会来找我的住处。你会抽丝剥茧，找到我这个幕后黑手。

当你踏入我奶奶家大门，你就要面对她的质问，而你脑子里那些尘封的记忆也会在这一刻苏醒。

你会彻彻底底想起来，我到底是谁。

我之所以这么大费周章让你记住我，是因为你曾经对我说的那句话。

你说，就我这种人，就算死了也不会有人记得我的名字，可你不一样，你是天上的太阳，太阳陨落是有人哀悼的。

亲爱的林少阳同学，此刻你记住我的名字了吗？

我终于可以诅咒你这一生活在痛苦之中，你要在接下来的十年、二十年都背负着这样的痛苦，你曾经杀死一个少年两次。

李芽

我感觉全身的血都在逆流，一股寒意涌上我的脑门，再看向墙壁上那张黑白遗照时，恍惚间我看见李芽笑得露出了牙齿。

我记起来了，李芽在高中辍学的那天，我在天台吹风，他站在我面前哭着问我："你为什么要这样对我？"

我姿态高傲地站在比他高的台阶上："就你这种人，就算是死了也不会有人记得你的名字。可我不一样，我是天上的太阳，太阳陨落是有人哀悼的。你只是一棵卑贱的草。”

时至今日，我终于明白，李芽为什么会在第一封信里写明“我的名字是需要太阳的”——绿芽需要太阳的照耀，才能茁壮成长。

我曾两次帮他，又曾因为自私，两次把他推向死亡。

7.

我浑浑噩噩地告别李芽的奶奶，由于下雨，我很久都没打到车。

拄着拐杖的我走得步履蹒跚，根本无暇顾及从转角处急速驶来的那辆车。

直到我飞上天的那一刻，我才知道我的人生是我自己毁掉的。

小时候，张萃平因为我的身世，对我一直都很冷淡，她对我从来没有尽过一个母亲的责任。她除了关心我每次的考试成绩是不是前三名以外，没有任何其他关心。我借用我们家的名头在班级里做坏事，她知道了也仅仅只是睁一只眼闭一只眼。

偶有几次，我听见她的叹息：“这孩子果真跟他亲爹一模一样，天生的坏种。”

林邀明总是会劝说她：“孩子还小，不懂善恶，长大了就懂了，你要好好教育他。”

他们不知道，我每次在学校里干的那些事，都是为了引起张萃平的注意。我希望她能多看我一眼，多教育我几句，可是她对我失望透顶。我只能努力去考高分，这样她就能多跟我说几句话。

我以为这样的日子会持续一辈子，没承想，林邀明的死亡，让张萃平发生了改变。

她抱着我哭诉：“阳阳，妈妈只有你了。你要好好地活着，妈妈不求你赚钱，只求你平安。”

那是冷面无情的张萃平第一次为我哭泣。

我想做个好人，在做好人之前我要先清理掉我的那些腌臜事情，其中就包括李芽。我要曝光他，让他变成学校里的众矢之的，这样其他人就会遗忘掉我家的事。

事实上我确实办到了。

随着张萃平这几年给我的母爱越来越多，我也改变了之前跟她相处的态度。可是现在，我没有办法陪着她继续生活了。

死亡来临时，我仿佛看见李芽冲着我咧嘴微笑：“林同学，你现在记住我的名字了吗？”

我想我再也无法忘记这个名字了……

编号 00-02

002

若我曾伸出手

00-02

LIST OF RELICS

序号	遗物名称	收容时间	生前
01		1990-5-13	
02		1992-4-18	
03		1994-6-1	
04		1994-8-2	
		1997-6-15	

文→空集

ngshengchushe

遗物清单

编号 002

LIST OF RELICS

1.

【她意识到，她不属于海，也不属于陆地，她是太阳的孩子……】

【伏尔雅跪坐在祭台上，她看着那升起的朝阳。】

【“我将拥抱你，属于我的平静的死亡。”】

伴随着画面逐渐变黑，电脑屏幕中央出现了一串字符。

“最后一个了？”我摘下耳机迷惑地看向小刘。

他扭头用遥控器开了放映室的灯，接着十分干脆地关了实况视频窗口，将光标移动到搜索框，然后低头开始狂敲键盘，一边敲一边敷衍我两句。

“对，这就是目前更新的最后一个结局，依澜姐你等会儿……”

"行，我等一会儿……"

我和被晾在一边的彭晋玉对视了一眼，不约而同地耸了耸肩。

好不容易得了个休假又被叫到局里，早上进门看到小刘那做贼一般从老大办公室溜过去的模样，我还以为他工作上捅了什么娄子，谁知道他直接拉着我们两个来放映室看他的游戏实况。

共事几年他都没有什么不着调的时候，那这游戏是有什么问题？

趁着他查找东西的时候，我用手机搜索了一下游戏的名字，**这是今年三月发布的游戏，**浏览器给的反馈不是实况视频就是一些玩家发的催更帖，偶尔有几个有过激言论的，看起来都像是什么犯罪预告。

"你觉得这游戏怎么样？"

"呃……感觉挺好？就是这几个结局都太惨了点吧？"彭晋玉挠了挠头，"我要是玩家，我就去评论区寄刀片威胁。"

……

一个旁观者都这么想，更别提对这个游戏有所期待的玩家了。

在游戏中，玩家会扮演一个落入异世界的学生，在冒险的旅途中结识一位生活在森林深处湖水中的人鱼——伏尔雅，两人成为朋友后一起踏上冒险的旅途。然而无论玩家怎么努力，最终伏尔雅都会死在玩家面前。

这是一款对玩家完全没有正向激励的像素游戏，但这个作品是完全免费的独立创作游戏，无论是从制作还是从剧本连贯程度来看都无可挑剔，更何况作者还是一位在国际上办过画展、小有名气的画家。因此，除了在游戏发布页面的评论区求她给伏尔雅一个好结局外，玩家似乎也只能发泄一下情绪了。

我翻着游戏的评论，有一条引起了我的注意：

“尽管剧本有些天马行空，但对一款免费游戏来说绝对是佳作，不过我有个疑惑，游戏中主人公一直都在努力拯救伏尔雅，那为什么这个游戏的名字却是《若我曾伸出手》呢？”

正当我准备抬头问问小刘，就听见彭晋玉有些不耐烦的声音：“小刘你找什么呢？不会就让我和你卓姐在这里接受你安利这个游戏吧？”

“不是，彭哥，我前几天不是问你二十年前那个案子了吗？”

“对，你还让我去档案室拍了照片。”

“你不玩游戏不知道，这种游戏，很多大佬都喜欢在游戏文件包里放点彩蛋。前段时间有些大佬拿着游戏文件包里发现的彩蛋进行解谜之后，发现里面有一个网页链接，打开之后是一个不能被抓取的个人主页。”

小刘把浏览器上的内容投影到了放映室的大屏幕上，上面是一幅教室的像素画。

“这跟二十年前第一实验中学发生的那起因为学校美术备品仓库架子倒塌，砸死一个学生的意外事故现场一模一样。”

我低头跟彭晋玉的手机里拍摄的照片对比，除了角度不同外，这幅像素画里的案发现场和老档案里的记载的确相同。

“证物泄露的可能性呢？”发现这一点，彭晋玉的表情也严肃了起来。

“我从小就想当警察，所以报纸上刊登的相关新闻我都做了剪报，限于当时的技术和地形条件，也不可能是远距离摄影。”小刘平静地补充，“不光是这张照片，这个主页的名字叫傅洱雅日记，名字也一模一样。”

“等一下。”我发觉小刘的态度有点不对劲，“你发现这事应该第一时间告诉老大，案件是否要重启也得开小组会，你叫我们两个过来是什么意思？”

“因为我也查了档案里的人员记录，当时老大也在组里。”

听他说这话，我的心咯噔了一下，放映室的空气顿时凝滞下来。

彭晋玉也发现小刘脸上的表情非常认真，他打圆场的声音都有些干涩。

“不是，小刘，你这就有点……”

“彭哥，我们直接报上去连调查的可能性都没有。”

“你什么意思？你觉得老大还能包庇谁不成？”

“我不是那个意思……”小刘被凶得缩了缩脖子，“八字没一撇的事，他都快退休了……”

“唉！”我叹了一口气敲敲桌子，打破了放映室僵持的局面，“刘韬，你先说说你想怎么办。”

我眼看着他的眼睛亮了起来，心下生出了一种不祥的预感，然后就看见他从包里掏出了两个临时记者证。

“我们趁着放假去当一回侦探吧！”

2.

接待室的绿植看起来许久未打理，枯死的叶片也没人捡出去。

我有些紧张地玩着挂在脖子上的工作牌，坐在沙发上等待那位游戏作者助理的会面答复，心里全是答应小刘这突发奇想假扮记者的后悔。

卓依澜，女性，长到现在为止只在小学的文艺会演上演过一朵花，现在让我迅速进入一个记者的状态未免有些强人所难。

想到这里我忍不住叹了一口气，从包里掏出在楼下超市临时买的笔和记事本，拿着手机边搜索作品访谈内容边奋笔疾书。

“卓小姐。”

我抄问题的笔一顿，手疾眼快地按熄了手机的屏幕，回头看向那位小助理。

“您好，尽管没有预约，但梁宵老师同意了这次采访，不过我方希望卓小姐不要问一些过分的问题。梁宵老师一直有些心结，下午还要去做咨询，如果卓小姐刺激到了梁宵老师，我们这边不仅不同意发稿，经纪人也会把你们这家媒体拉黑的。”

小助理的声音细声细气，语气和内容都是相当坚决的警告。

“……嗯，我是专业的，知道分寸。”

我努力装出轻松的模样笑着回复，心里默默地警告自己。

记得分寸，别忘了现在只是了解情况。

梁宵的工作室在十楼，当我跟着助理刷卡走进工作室后就发现这里有些不大对劲。

尽管梁宵是位名画家，包下创业园大楼的一整层作为工作室还是有些奢侈，更别提里面错落有致地摆着不同种类的绿植。十楼并非不能开窗的楼层，但这里没有一扇窗户的大小超过成年人的脑袋，全都是窄小的换气窗。而且明明是画家的工作室，这里却连一幅“画”都没有，取而代之的是晒掉色了也不心疼的印刷海报。

与其说是画家工作室，不如说是花卉展……或者是插花教学室？

我丝毫不掩饰自己的惊讶，顶着小助理那看敌人似的视线在这里转了一圈。

然后在唯一的“画”对面坐下。

那是在阳光正好的房间内披着披肩、苍白得就像是从画里走出来一般的梁宵。

“你好，梁宵老师。我是 X 州周刊流媒体的记者卓依澜，因为最近您开发的游戏《若我曾伸出手》在网上引起热议，我们想针对这个游戏做一期访谈。”

“好的，卓小姐，我很高兴能接受采访，希望你不要删减我的回答。”

梁宵的语气说不上友善但也没有不满，就像是谈论与自己无关的事情一般。于是我打开录音笔放在茶几上，摊开本子做足一名专业记者该做的表面工作。

“好的，梁宵老师，您作为一名画家，制作这款免费游戏的初衷是什么呢？”

“只是为了纪念一些过去而已，做着做着我觉得有必要把它分享给更多的人，于是就在个人主页发布了。”

“我听闻除了程序外，其他都是梁老师您亲自负责的，那整个剧本印象最深的地方是哪里呢？”

“每个结局？”说到这里，她缓慢地眨了下眼睛，声音有些发飘，“我看了评论，许多玩家都觉得这些结局过于悲惨，但是没办法，我现在也没办法给伏尔雅一个好结局。”

“老师的意思是这个剧本最开始的设定就是悲剧吗？”我有些好奇地询问。

“是的，最开始就是悲剧。”梁宵的语气中有着明显的停顿和迟疑，但对悲剧这个词有着很强的确定性。

为了试探她，我暂停了提问，低下头在本子上写写画画，用余光观察她的状态。

她的神情没有明显的变化，眨眼的频率也很低，整个人都有些“钝感”，似乎是因为突然的安静有些不适。她端起助理摆在我们面前的茶水喝了一口，接着捧在手里等待我的下一个问题。

我看了一眼本子上我临时记录的采访问题，抬起头问：“伏尔雅的形象是怎么确定的呢？包括外形、性格、经历这些。”

“伏尔雅这个角色在我心中已经存在了许多年，当时动笔画的时候就觉得，她应该是那种远离主人公日常生活的神秘少女，接着就很顺利地画出来了。性格则是在写剧本的时候逐渐完善的，有一种被角色带着跑的感觉，所以我到现在也没有办法给她一个好的结局。”

“再次强调了最开始就是悲剧……”

“是这样的……”

这种不温不火的提问和回答过了两轮后，我决定直指核心。

“我在网络上看到了一些关于游戏彩蛋的说法……”我放缓了语速直视她的眼睛，“隐藏文件夹里有一张像素画的图片，这与 X 州二十年前的某个意外事故现场一模一样，请问您是参考了那次事件吗？”

梁宵喝茶的动作停了下来，她缓慢地将茶杯放回瓷碟中。

瓷与瓷的碰撞发出清脆的声响，而这声音也如同开关般，激活了我面前这位面色苍白又没有情绪的画家。

“那不是事故。”梁宵的目光恍惚，没有聚焦在我身上，语气像是在给我答案，又像是在说服自己。

“梁宵老师？”我试探着喊她。

听到了我的声音，她如同回魂了一般看向我，眼中带着我看不懂的喜悦，语气笃定地又重复了一次。

“卓小姐，那不是事故。”

“不是事故？您知道什么内情吗？”我立刻追问。

“我不知道，但是那绝对不是事故……我报的警……原来真的有人在查啊。卓小姐，不，卓警官。”梁宵的脸上泛起了一丝血色，情绪也变得有些激动，“我也希望您给我一个答案，究竟是谁杀害了她。”

由于梁宵的情绪有些激动，那位小助理示意我今天采访到此为止。

我拿着录音笔下了楼，站在楼门口仔细复盘了一下自己的行为和语言，怎么也想不出到底是哪里暴露了身份。于是我抬头看了一眼梁宵工作室的方向，不仅什么都没看见，还被摩天大楼外侧覆盖的玻璃板反射的光晃得睁不开眼睛。

我忍不住咂咂嘴，小刘这次真是“走运”，开盲盒开了个特别难啃的硬骨头。

3.

我们仨坐在咖啡厅的小隔间像是地下工作者接头一样小心

翼翼。

“卓依澜同志，你有什么收获？”彭晋玉率先开口。

“很难总结，梁宵的态度十分微妙。”

听到我的回答，他皱起了眉头，一副你这样不行的表情。

“用词太不准确，看到什么了你得说，大家才能分析。”

“好吧。”我掏出录音笔递给小刘让他存档，“她对傅洱雅死亡不是事故的这个结论非常肯定，但我的直觉告诉我这事跟她没有关系。”

“怎么说？”

“她发现我是警察了，还非常热切地拜托我赶紧查清楚真相。”

一听这话，小刘从笔记本电脑后面探出脑袋开始不切实际地发散思维。

“哇，难道是变态杀人狂？发现卓姐你是警察之后在挑衅？”

“你电视剧看多了吧，哪那么多变态。”我伸手拍了一下小刘的笔记本电脑示意他安静。

“以我们对老大的了解，假设这个案件要是有隐情，他得天天唉声叹气絮叨过去的遗憾，所以哪怕是有问题，我也倾向于调查时可能有所疏漏。但一个经过调查并定下结论的事故，家属还没有抗议，那再怎么疏漏也不会出大错。假设傅洱雅真的是被谋杀的，那梁宵要么是目击证人，要么就是凶手。

“她见我的时候整个人都有些恍惚，无论说话还是表情反馈都有慢半拍的感觉，我怀疑她在吃抗抑郁的药物。她助理和我说她下午还有咨询，最开始我以为是其他人来找她做咨询，但看她的表现，应该是她要去找心理医生做心理咨询。

“她是凶手的可能性太低了，我没见过哪个凶手杀了人心存内疚到变成心理疾病，躯体化症状严重吃着药还能挑衅警方的。”

“行为太过矛盾。”彭晋玉思索片刻，“有没有可能是故意吃药物来干涉你判断的？小刘说的也很有道理，记者采访多半先对稿，而且需要提前打招呼。你既没有预约也没提前给工作室看采访内容，最后还说出你警察的身份，很难不怀疑她之前就认识你。”

“这点我也很奇怪，但她工作室做了封窗，能打开的那几个也都被改成了只能通风的推拉式，我目测了一下尺寸，脑袋大一点都会卡住，但工作室里也没养什么会上蹿下跳的小动物。”

“防止自杀……”彭晋玉的语气沉了下来。

“我是这么觉得的。”

说到这里，我们三个人都不约而同地陷入了沉默，直到咖啡厅的服务生端来了我们点的饮料才打破了这份凝滞。

“别光问我，彭晋玉同志，走一圈你查到什么了？”

“我说什么都没查到你信吗？”

“你水平下降了啊？”我调侃他，“前些年不是走过一条街全是你哥们吗？”

“不是我水平下降了。”彭晋玉表情相当无奈，“原来的学校跟附近另一所中学合校还改了名字，我打听了一圈才找到了原本的学校。”

“原来的班主任是个快退休的老太太，前年去世了，而其他老师有一部分都跳槽了，而且对傅洱雅这个人都没什么印象，只有提到当年的事故才能想起来点鸡毛蒜皮的小事。

“不过学校的资料保存得很完整，二十年前的花名册也有，我顺着这个花名册联系了几个还能联系到的她的同学，有一个在那里神经兮兮地跟我说什么她是被学校仓库里的鬼诅咒了！”

“同学去世对小孩的精神伤害也挺大的……”我点头。

“我也不知道是精神伤害还是他知道点什么，听我提起这个事他还要约我见面细说。”

“答应了？”

“答应了，再过一会儿我约他旧校舍见面。”

“那这闹鬼的传闻我们先放放，不过看来傅洱雅这个人好像没什么存在感？”我问。

“这点确实很奇怪，老师啊同学啊这些都是外人，我回去查了她的父母，已经离婚且各自组建了新的家庭。就算这样我也厚着脸皮去问了，人家父母相当认同事故这个结论，和我没说两句就走了。”

“……这确实挺困难的。”

“我是进屋问的，照理来说自己有这么个女儿，身边多多少少也应该留点遗物，哪怕是照片，但……”

说到这里，彭晋玉有些迟疑，他摇了摇头，端起咖啡杯喝了一口。

“你是说傅洱雅的父母也有嫌疑？”我追问。

“不排除。但你也不能不让人家回归正常生活吧，我看他们都有了新的孩子，不想旧事重提也能理解。”

“如果傅洱雅的父母态度都是这样，那梁宵现在对她的执念就有点过于可怕了。”

“确实，梁宵跟傅洱雅甚至不是一个班的。”小刘插话，然后把笔记本电脑的屏幕转向我们这一侧，“根据当年的笔录记载，她们两个是一个兴趣班的。但这事就很奇怪……”

“哪儿奇怪？”

“傅洱雅是先天性心脏病，她入学之后基本没上过几天课。连课业都没办法完成，怎么还报了个兴趣班？”

“这个兴趣班都有谁？”

“没几个人，指导教师是外聘的美术老师，只来上课，除了傅洱雅、梁宵以外，还有两个学生，一个叫陈椋，现在已经去别的城市生活了，另外一个叫汤行星。”

“哎哟！”

“怎么了，彭哥？”小刘有点紧张。

“就这个，这个汤行星，就是给我打电话说要当面细说的那个。”

4.

根据彭晋玉的描述，原本是案发地的教学楼现在已经成了废楼，那片地卖给了一个开发商后迟迟没有动工，但想要还原现场依旧很难。

于是我们决定兵分两路，小刘回局里去查档案，找旧照片建模还原案发现场，我和彭晋玉去见见那个名叫汤行星的男生。

已经废弃许久的校园一副冷冷清清的样子，连鸟都见不到几只。当我与彭晋玉开车抵达那里时已经临近黄昏，老远就看见一个胖乎乎的男青年站在保安室门口东张西望，看上去显得十分不安。

于是彭晋玉按了两下喇叭示意，摇下车窗刚想出示我们的身份证明。结果那男青年看到我们眼睛一亮，丝毫没有防备心地走了过来，直接拉开副驾的车门上了车。

“哥们你也不怕我们是拐卖的。”彭晋玉忍不住调侃他。

“嗐，谁拐卖我啊，就这身体跑两步都喘，卖也卖不上价。”男青年一拍大腿也不生气，笑眯眯地自我介绍。

“我叫汤行星，请问两位警官怎么称呼啊？”

“我姓彭，她姓卓。我之前给你打电话的时候也没报家门，你就知道我是警察了？”彭晋玉将车熄了火，偏头看向他。

“除了警察谁还会关注那事啊？你们是不知道傅洱雅出了事之后，他爸妈就伤心了一周左右吧，然后就离婚了。再不怎么了解，傅洱雅也是我们的同班同学，当时都互相打听要不要组织去慰问一下，结果连葬礼都没有。”

“你知道得这么清楚？”

“我跟她一个兴趣班啊，而且我人缘好，我们班就没有我不知道的事。”

说到这里，汤行星撇了撇嘴。

“反正我是看不上她爸妈这样，那天晚上下那么大雨还能让一个有心脏病的小姑娘跑出门，平时也不怎么关心。她出事那天晚上正好是周五，第二天是我们兴趣班开课的时候。梁宵去得早正好目睹了现场，然后她报的警。”

“你知道当时她什么反应吗？”

“还能什么反应？陈椋说她到那里的时候，梁宵手里拿着伞，怎么叫都没反应，最后是被警察送去医院做心理疏导。陈椋给警察带的路，也见到了傅洱雅的家长。傅洱雅她妈听到傅洱雅没了之后第一反应是松了口气，然后才是伤心，她爸当时就在那儿装哭。”

连和她只在兴趣班有交集的学生都生出了愤怒，父母却没有任何伤心之意，想到这里我叹了口气，继续询问。

“据我们了解，傅洱雅身体不好几乎不来上学，你知道她为什么还报了学校的兴趣班吗？”

“我们学校当时虽然没有强制报兴趣班，但你报了之后德育分会多一项。所以就算不强制，我们大多数学生也都报了兴趣班。”汤行星摇头晃脑，“懂的都懂。”

我点了点头，并不想在学校擦边收费这个问题上多做纠缠，于是直奔主题。

“那你说闹鬼是怎么回事？”

“这事对我来说也是未解之谜。”汤行星压低了嗓音，一副神神秘秘的样子，“当年我们学校美术备品仓库里放的基本都是美术用品，也有扔在那里的学生手工制品，乱七八糟的什么都有。我们手工兴趣班每次结课都要交点东西上去，美术老师也不带走，就把钥匙给我们，让我们自己放到里面去。”

“有一次我路过美术备品仓库，听到里面发出那种挪架子的沙沙声，接着还有女生的笑声，不是一个人，至少有两个人！特别恐怖！我也没胆去看，直接就跑了。”

听到这里，我和彭晋玉对视了一眼，彼此眼中都是无奈。

“你也说钥匙随便拿，有没有可能是别人进去了？比如你那几个同学？”我问。

听到我的怀疑，汤行星顿时急了，一副你怎么能不相信我的模样。

“不可能，梁宵当年可正经了，那可是我们学校学习最好的，她才不会在仓库里搞什么恶作剧吓唬人。陈椋也是老师喜欢的优等生，而且她爸妈接送，每次早早就走了，钥匙都不过她手。傅洱雅也不可能，那天正常上课，我跟她一个班，压根没看见她人。”

见我一副半信半疑的表情，他拧过身子急切地补充。

“卓警官你是不知道，傅洱雅特别珍惜上课的时间，只要她身体允许，无论是主课还是兴趣班她都特别积极。因为我们一个兴趣班的，她不来的时候我们还会轮流去看她，陈椋每次去都带果篮。梁宵的笔记从来都抄两份，一份是专门给傅洱雅的。而且她只要来学校都把自己收拾得特别精神，一点也不像那种天天躺在床上的病秧子。我们班主任看她化妆都睁一眼闭一眼，当时美术老师还夸她很坚强……”

“这么说她还挺招人喜欢？”

“其他同学我不知道，反正我们老班主任挺喜欢她，每次我去看她，她都说可惜了可惜了。去世之前我去看她的时候，她还念叨着傅洱雅呢……”

我们就这么一问一答地聊到了傍晚，汤行星打开话匣子就收不住，看样子还能再说个几小时，但见天色已黑，为了他的人身安全，我们还是让汤行星先回去。

他临走前还恋恋不舍地加了彭晋玉的微信，说是有空再联系。

目送他左摇右晃着远去，我和彭晋玉坐在车里半晌没吭声。

尽管做警察这么多年，手里过的案子不计其数，但依旧还会觉得老天收人真的不长眼。从汤行星的话里，我们不难拼凑出一个热爱生命、积极向上的孩子。

男生可能不了解女孩子们之间产生友情的契机，但从梁宵那热切的态度来看，她和傅洱雅之间的关系比汤行星这个“万事通”猜的还要好。

所以梁宵是因为无法接受意外死亡才做出这一切的吗？

但……为什么傅洱雅那天要去学校的美术用品仓库呢？还是大半夜？

小刘的电话适时地打破了车内沉重的气氛。

“喂，依澜姐。”

“陈椋和汤行星的履历查过了吗？”

“查过了，两个人没有案底，履历干干净净。汤行星名下有家公司，我查了一下，是专门做外包业务的，经营范围和他爸妈的公司重叠。陈椋现在在医科大读博。中学毕业之后他们都没有什么交集。”

“嗯，那嫌疑基本排除。”彭晋玉在汤行星的名字后面打了个叉，“依澜你还有什么想查的吗？”

“有点，他提到了一点我很在意。小刘，梁宵是从什么时候开始画画的？”

“我查查啊……”听筒那边传来一阵手忙脚乱的杂音，“依澜姐不是觉得梁宵无关吗，怎么还要查这个？”

“梁宵的家庭比较普通，她成为名画家也是一个意外，刚才汤行星说她当年学习很好，怎么走上美术这条路了？”

“怎么，依澜你对画家有意见？”彭晋玉笑出声。

“倒不是说有意见，那个年代的家庭观念就是好好学习，还得学理科才有出息。”我回忆着汤行星无意识透露的信息，“我很难想象一个学习最好的优等生转行去学画画，就算家长支持，老师也得劝，但这个事看起来并没有引起什么风波。”

“你是不是想多了？”

“彭哥，你还真别说。”小刘的声音有点兴奋，“依澜姐直觉不错啊，我在网上搜到了一篇关于她的访谈，她说她上了高中才开始学的画画，但是成绩也没落下。”

“这不是直觉，是经验之谈……她大学的专业呢？”

“计算机……原来不是专业出身啊。”

“她最开始的作品是什么？”

“呃……好像是《少女肖像画》？我查查……”

“你捞出来的案子怎么连这个都不知道，你把她的资料都查一遍，一会儿我和你彭哥去局里看资料。”

5.

驱车回到局里，推门一看，既没有看到整理好的资料，也没看到渲染好的建模。

就看见老大坐在会议室，小刘整个人都散发着救救我救救我的气息。

我这搭在门上的手顿时僵住。

“哎哟，老大你怎么来了，今天值一天啊？”

“领值不是值一天还是值半天？你们进进出出折腾一天，

我还听不见？”快退休的老爷子眼皮一抬就丢过来一记颇有威慑力的眼刀，“都工作这么多年了，一天天还不稳当，我是要退休了不是聋了。站门口干什么，进来。”

我和彭晋玉赶忙关好门跟小刘坐一排，三个人你看看我，我看看你，不约而同地眼观鼻鼻观心。

见我们这副衰样，老大也懒得训，直接点了我的名。

“依澜你是小组长，到底什么事折腾一天？”

“二十年前X州第一实验中学有个女生出事没了，咱们局是以事故下的结论，但小刘发现，最近网上有个游戏里面的彩蛋图片是现场照片的像素画……”

“然后就私底下开查了？”

“也不是查，就到处问问。”

“到处问问怎么不来问我呢？这案子我也参与了。”

老大一副恨铁不成钢的表情，说完就把小刘拿出来的档案本子拽过去翻。

“这事我还记得，我们没找到谋杀的任何证据，但定为事故也有些不妥。谁也不知道这个孩子为什么会大半夜跑出家门到美术备品仓库去。当时家属迫切希望结案，学校也因为监管不力愿意赔偿一笔钱，然后就结案了。

“这都二十年了，那学校早搬家了，我也没办法给你们还原现场。你们不是让小刘做了建模吗？做好了吗？投出来。”

“得令！”

没空管小刘在这里耍宝，我们看向投影屏上的影像，老大拿着激光笔圈出了其中一个书架。

“我们当时分析了一下倒塌的顺序和受力，这几个书架都稍微偏了一点，只要这个倒了，那接下来就一个压一个地倒。”接着他又圈出现场照片内的一堆杂物，“然后这个书架上塞满了东西，比较沉，除非有人用了非常大的力气硬拽上面的东西，或者有什么震动，不然不会倒下。”

“因为当天晚上下了一晚的雨，雷也打了半宿，学校里还有一棵树倒在教学楼上了。组里当时认为可能是打雷和树的倒塌造成震动引起的一个极小概率事件。但这也无法解释那个孩子没带伞跑到学校的原因，邻居家也没有听到她家那天晚上有什么争吵声。

“当时我们也有一种猜测，这个孩子爬到了架子最顶上，硬把这个架子拽倒了，然后引起了连锁反应……把自己砸死了。

“但无论是周围同学还是班主任，他们都表示这个孩子虽然身体不好，但对生活这事特别积极，不像是有自杀倾向的孩子。”

“老大，她要是半夜出去的话，那应该淋湿了。但我看现场照片上她身上的衣服是干的，而且证物里没有伞？”

“啊这个，我当时也问了。”老大把激光笔关掉，转向我，“证物科那边的人说伞是放在门口的，那个叫梁宵的小姑娘以为傅洱雅提前来了就拿走准备去晾，结果推门就看见了尸体，可能是受到冲击了，她当时一直死死攥着伞不松手，就没拍摄。”

“……晋玉，你微信问一下汤行星，看看他能不能联系到陈椋？”我听到我声音都有些变调，“你让他问问陈椋，当年梁宵手里拿的那把伞是谁的。”

时间一分一秒地过去，趁着等待的时间，我将小刘整理的关于梁宵的履历资料翻了一遍，视线停在了那幅出道作上。

尽管这并非完全写实的画风，我还是从画中看出了傅洱雅的影子。

彭晋玉的手机振动了一下，他扫了一眼，然后将汤行星发来的截图发给了小刘。

我看向屏幕中截图的文字，放下了手中的那幅《少女肖像画》。

汤行星：……别提了，你还记得梁宵当时手里的伞是谁的吗？

陈椋：那把伞是她自己带的啊，那天早上虽然晴了一会儿，但天气预报不是还说要下吗？咱们不都带伞了吗，你怎么想起来这事？

陈椋：终于长心眼了？我听说梁宵做了个游戏，你看没？

陈椋：这么多年她还惦记着傅洱雅呢。

手机放在桌面上发出“啪嗒”一声，彭晋玉深吸一口气。

老大的表情非常难看，张了张嘴还是什么都没说出来。

小刘也转变了之前轻松的态度，变得消沉起来。

“她的父母在说谎，那天晚上她根本不在家，一直在学校里。这是一场有预谋的自杀伪装成事故的案子，而梁宵……替她完成了这伪装事故的最后一部分。”

6.

第二天，我顶着小助理那杀人的目光又坐在了梁宵工作室的沙发上。

她今天看起来状态不错，看来前一天去心理医生那里做咨询让她心情好了不少。

“卓警官，请问您查出来凶手是谁了吗？”

“查到了，但这个结果你一开始就应该知道吧？为什么还要向我发问呢？”

梁宵摇了摇头，并没有直接回答我的问题，反而说起了那个免费发布的游戏。

“为什么名画家作为策划的游戏会免费发布呢？很多人都不理解。哪怕我只是提供一张主视图，或者做个人设，冲着我来购买的人也会有很多。

“但这根本不够，当我想讲述她的故事的时候，我希望更多的人能够知道这件事。

“从前有一只人鱼，不知道什么时候意识到了只要自己死去世界就会和平。于是她自愿走上了祭台，向这个世界献祭了自己。

“那天我看到了备品仓库门没有锁，还以为她又受不了爸妈吵架在这里躲了一宿，然而当我打开仓库门的时候，放着画板和美术用品的架子全都向着中心倒下，压在她的身上。她就那么平静地躺在那里，脸上甚至有一丝满足。

“我报了警之后就站在门口回忆她说过的话，回忆那些征兆。她父母每次因为她吵架她都会偷偷跑来学校的仓库躲着，甚至直接在这里过夜。

“很久以前她苦恼地问过我，如果她死了，她父母是不是会得到解脱，以后不会吵架。

“我告诉她她要是死掉，我和陈椋都会很伤心，汤行星虽然会嘴硬，但是这辈子都得惦记她。

“为了不让她时不时去仓库里吃灰睡地板，我曾经吓唬她，告诉她仓库的架子倒了会压死人，下次再想逃跑可以来我家。

“可她到底还是没来我家。

“她在处理自己的作品的时候我应该发现她是在抹掉自己的痕迹的，而不是像她说的那样对作品不满意。

“当她说要搞恶作剧吓唬汤行星的时候，我就应该意识到她挪动架子根本不是为了吓唬人，而是在找一个能一次成功的合适角度。”

“一个能被认定为，傅洱雅因为不可违抗的意外死亡的事故。”说到这里梁宵笑了一下，“她大概觉得，如果是意外死亡，大家就不会伤心了，没有留下遗物的话，大家就会很快忘记她。”

“但是那天晚上下雨了，下得很大。

“警方如果没找到伞的话，势必会发现她其实是在学校过的夜，然后发现她父母的不称职。就算最后也将结论定为事故，她的父母也会被周围的人议论纷纷。

“如果是这样，她所做出的努力都会白费。于是我对那位关心我的警察说，那把伞是她的，我本来想拿出去晾。”

听到这里，我深吸了一口气，尽管之前我们已经对此有了结论，但听当事人讲述事实带来的冲击感依旧让我头晕目眩。

根据档案中的法医给出的尸检报告，傅洱雅并没有当场死亡。痕检科提交的材料也特意注明现场没有挣扎求生的痕迹。调查组当时给出的结论是因为冲击昏迷，但根据梁宵的描述，她应该是清醒地等待着自己的死亡。

一个十四岁的小姑娘到底是从哪里来的决心？

“所以这款游戏……”

“在我心情平复下来之后我去傅洱雅的家拜访，她的父母告诉我她的东西按照他们那边的习俗全都烧了，他们甚至没有留下她的一张照片。

“前一段时间我用故事的形式向我的心理咨询师倾诉了这个秘密，她对我说，如果没有遗物可以寄托思念，那么我可以为思念之人制作一件遗物作为寄托。”

“所以这是我的痛苦，我保守的秘密，我对她的思念，我为她制作的‘遗物’。”说到这里她端起了茶杯啜了一口，接着将视线转向我，“那么卓警官，你们对这份遗物的结论是什么呢？”

我抿了下嘴唇，看着她眼中的欣喜十分艰难地对她说出了我们局里的决定。

“我对此也非常遗憾，但……这个案子由于证据不足没办法更改结论。”

“没有关系，卓警官，你们愿意调查我就已经很感谢了。”梁宵并没有因此而产生消极的情绪，她放下茶杯拢了拢披肩对我笑笑，“谢谢你们能够认真地去调查了解她，如果不是我所说的谎，你们也不必重新调查这个陈年旧案。”

离开工作室的时候，我看了一眼梁宵，她闭着眼睛仰头躺在沙发上晒着太阳，脸上的表情是我从未见过的满足和平静。

而那位一直用凶狠态度瞪着我的助理在送我下楼乘电梯时小声地对我说了句“谢谢”。

但，我发自内心地觉得我并不值得感谢。

一个月之后，小刘神秘兮兮地走到我办公桌前。

"依澜姐，《若我曾伸出手》出新章了，据说是圆满结局。"

我皱着眉，给了他脑壳一巴掌。

"上班呢，没事说什么游戏。"

下班回到家，我打开电脑更新了版本。

玩家依旧无法拯救伏尔雅，她依旧在祭台上奔向死亡，但在黑屏过后新增了一段内容——

我哭泣着。

我痛苦着。

为何只有我记得她的付出，为何她的努力得不到其他人的感谢？

为何这个世界一定要带走她？

耳边传来了伏尔雅的声音——

"不要哭呀，你看，我变成了风，变成了雨。

"对不起，让你感到痛苦了，谢谢你为我做的一切。"

于是，拯救了世界的勇者重新踏上了旅途，那些不为人知的秘密也逸散在了时间之海中。

某天，在篝火的映衬下，吟游诗人询问勇者："随身佩戴的鳞片是哪一场战役的纪念品？"

勇者笑着回答："这只是一份长久的思念罢了。"

编号

00-03

003

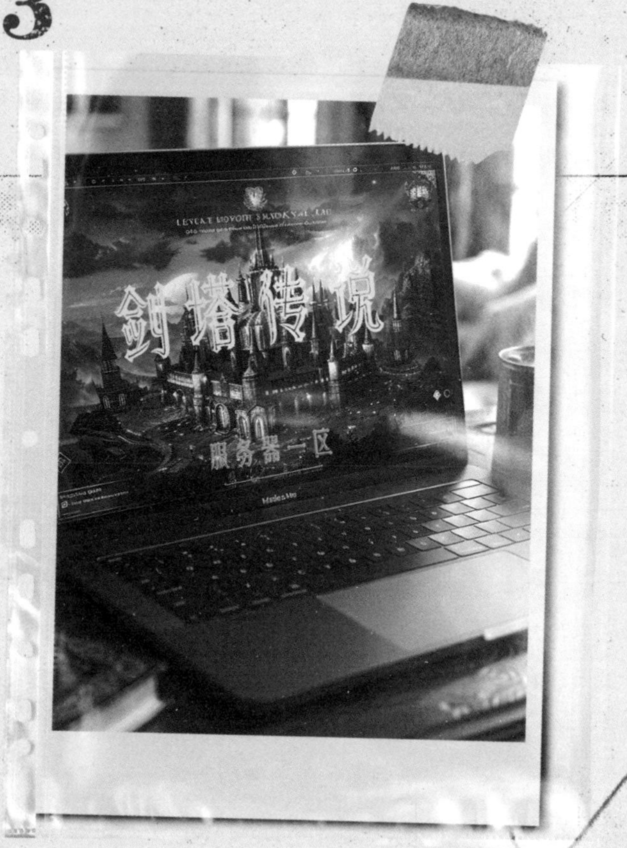

A)

NAME

LIST OF RELICS

序号	遗物名称	收容时间	[illegible]
01		1990-5-13	
02		1992-4-18	
03		1994-6-1	
04		1994-8-2	
[illegible]		1997-6-15	

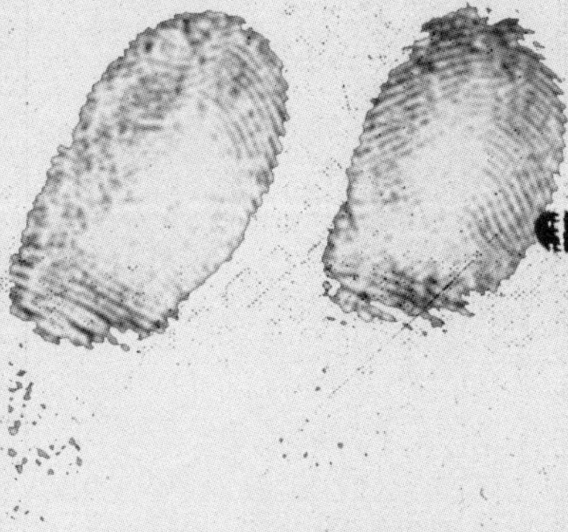

长命代练

文→说书人

遗物清单

长命代练

编号 003

1.

电话那头，老姚说他命苦，童年不幸，命运多舛，孑然一身，当真是听者伤心闻者落泪。随后他话锋一转，问："孤儿能不能免单？"

我说："大哥，我都怀疑你是同行派来的间谍了，一个垃圾网游，我熬了三天两夜，每隔三分钟我就得点击一下挖矿，十分钟我就得看一次广告，现在你跟我说免单？这种话怎么能从你的嘴巴里冒出来？"

老姚又说："这批矿成色不好，得便宜点。"

我说："你真当我是赛博矿工呢？来，你看着这图标告诉我，从哪儿能看出成色来？"

老姚说："最近手头真有点紧，能不能缓缓？"

我只当他在胡扯，手头紧还请代打刷矿石资源？我看他是皮紧，欠打。眼见他还在狡辩，我打断道：“等着，我这就上你家找你。”

挂电话，出门，上楼，我把门板拍得震天响。

“开门！给你带饭了！”我大喊。

“吱呀”，门开了，老姚嬉皮笑脸，不停搓手。自从他去年在我这儿蹭上第一顿饭，就一发不可收拾，每到饭点，他闻着油烟味就来敲门了。起初还会客套两句，后来他干脆就自带碗筷。

我俩是在一次漫展上认识的。我在漫展摆摊，卖游戏周边；他也在摆摊，也卖游戏周边，卖的是同一款游戏，还在我隔壁摊位，价格比我便宜，货还比我质量好。当时我就怀疑他是同行派来的卧底，亏本来卖货。

我给他发了根烟套他话：“兄弟，你在哪儿拿的货？”

老姚接过烟没抽，别在耳朵上。他叉着腰，说这些都是他自个儿做的，还问我咋样。

我简直惊为天人，赶紧和他互换联系方式，聊了几句，才发现我们还是邻居，他就住我出租屋楼上。

我俩都是自由职业者，说难听点就是无业游民。作息合得来，共同爱好挺多，一来二去，我们就混熟了。

前段时间，我开了个游戏代打工作室，一共四个人，我是老板。老姚得知此事，说是要支持兄弟事业，光速下单。三名员工没一个愿意接单，只因他指名的游戏是个垃圾网游，年龄比“传奇”更大，玩法比“猫里奥”更折磨，本着服务业精神，我硬着头皮接了。

熟悉的马赛克画面，传统网游的玩法，再加上新时代的广告植入，让我玩得魂飞天外。此时此刻，邪剑仙的怨气都没我大，我一把掐住老姚的脖子猛摇并大吼："还我尾款！"

老姚喜欢待在家里，人很瘦，大腿还没我胳膊粗。我这么一晃，他就好似风中杨柳，头发前后飘扬，头皮屑漫天飞舞。

老姚说："别摇了！再摇我死给你看！"

我说："今天不结尾款，我要拿你去称重卖钱！"

老姚开始剧烈猛咳，像个破烂风箱。

"你再装！别跟我来这套。"

下一秒，老姚猛地咳出一大摊带着泡沫的鲜血，他脸色发青，眼睛浮肿，跟电影里边的吸血鬼一个样。我吓了一跳，后退一步，没敢吭声。

只见他抹了一把嘴，满手的血，低着头忽然问："老吴，你觉得，我这肾能卖多少钱？"说完，他扑通一下软倒在地上，手还抓着我裤腿。

我人傻了。

2.

老姚得了肺癌。

说来讽刺，老姚从不抽烟。头回见面，我给他发烟，他顺了我一包走。后来我才知道，他把那包烟以半价转手卖给了别人。平日里老姚没日没夜地玩游戏、暴饮暴食，我有想过他猝死或者得胃癌，但他偏偏莫名其妙得了肺癌。

老姚躺在病床上，说："这事得赖你，八成是因为吸多了你的二手烟。”

我心里过意不去，很惭愧，说：“老姚，你还有啥心愿？能帮的，我一定帮你完成。”

“最近手头有点紧……”

我抢话：“放心，尾款不用结了。”

“其实我还有个心愿。”

“啥心愿？”

“今天肯德基做活动，我想吃豪华桶。”

我莫名鼻腔一酸，心里更愧疚了，当即给他点了一份豪华桶。

老姚人虽虚弱，但胃口不减，狼吞虎咽。

这时，医生进来了，他手里拿着一份报告，和老姚说明了情况。老姚一边吃，一边点头，我听着听着，觉得不太对劲，问：“他这肺癌和二手烟没关系？”

医生回我：“九成是基因遗传问题引起的。”

我猛地转头，老姚恬不知耻：“不还有一成吗？就是因为你那一成二手烟，成了压死骆驼的最后一根稻草。”

我下意识想说“你胡扯”，医生适时补了一句，不排除有二手烟的原因，陪护家属建议戒烟。我不吱声了。

医生安抚老姚：“不用太悲观，从未吸烟的病人中约有一半的肺癌可以通过新的靶向药治疗。”

“意思是我还有救？”

“是的，前提是要做手术，并发症引起你颅内压增高，得开颅。”

“做呗，什么时候能做？”

“家属签字就行。”

“我本人签字不行吗？”

“未成年人得家属签字。”

一旁的我当即瞪大了眼。不是吧？老姚满脸胡茬，长相沧桑，眼角还有皱纹，看上去得有二十七八岁了，眼瞅着要奔三，现在你跟我说他是未成年人？

我凑近了，在他耳旁悄声问：“你是不是偷谁身份证刷医保了？违法的事情咱不能干啊！”

老姚斜着眼瞅我：“你不知道吗？我今年十七啊！”

我还真不知道。

医生问我是不是他爸，我很想认下来，但考虑到这件事挺严肃的，就没开玩笑，实话实说。医生转头又问老姚，家属什么时候来签字。老姚没吭声。

我连忙开口：“他妈妈在外地，可能要过一段时间才能来签字。”

医生没多问，临走前说：“尽快，越早手术越好。”

老姚有回酒后和我说过他的身世，早些年他爸出意外死了，后来妈妈跟人再婚，失联，走前就留了一封信，连生活费都没给。我问过他是怎么活到现在的，他说靠接游戏的单子，会有土豪高价收一些高级装备，他课余在家打单，足够养活自己。

眼下，我只能再问老姚：“你还有你妈的联系方式吗？”

老姚岔开话题，说：“我觉得自己是治不了的那一半，再说了，靶向药一听就死贵死贵的，我这条烂命吃不起。”

我说：“让你妈出钱，她消失这么多年，该补偿你了。”

老姚别过脸，嘴边还沾着面包糠，说：“我查过了，肺癌晚期，就算治疗，也就是多活个几年。”

我说：“别总乌鸦嘴，有治愈希望，你别绝望。”

老姚说：“我不想受那罪。”

我眯起眼睛，灵光一闪，说：“你该不会是不敢去找你妈吧？”

老姚愤怒地猛嚼薯条，说：“胡说！这有啥不敢的？我是我，陈颖是陈颖，咱俩没关系！”

我问：“陈颖是谁啊？”

老姚：“我妈就叫陈颖。”

我皱眉：“老姚，在生死攸关的大事上你可别犯糊涂啊！面子哪有命重要，你该不会是记恨你妈这么多年丢下你不闻不问吧？”

老姚说：“我跟她就不熟，哪来的什么爱不爱、恨不恨的。”

我说：“那你要不恨，就给她打个电话，叫她过来签字，顺带把你医药费付了。”

老姚：“我没她电话。”

我心里一惊，问：“那你有她联系方式吗？”

“有。”

看他那事不关己的态度，我连忙催促：“有就联系她啊！”

老姚说：“我不。”

我问：“为啥啊？”

老姚说：“犯不着。”

“大哥，你咋不把自己的命当回事啊？”

“我平时挺注意身体健康，全赖你的二手烟。”

我举手投降，说：“行，那就这样，你联系你妈，我就给你买张最新的显卡，权当赔礼道歉。”

老姚双眼放光：“当真吗？”

“当真！你想想，你不玩游戏，死了你甘心吗？”

老姚把头摇成了拨浪鼓：“不甘心。”

“那你就赶快动动你的小手，联系你妈签字吧！”

“好嘞！快扶我去网吧。”

我一愣，问：“去网吧干吗？”

老姚说：“登游戏，把你挖的矿石卖给土豪，顺便发个消息。”

我气不打一处来：“还卖个屁啊！先去联系你妈！”

老姚眨眼：“那土豪就是我妈。”

得，我成小丑了。

3.

该说不说，老姚的后爹是真有钱。

据老姚所说，陈颖离家出走后，他不死心找过去，偷窥陈颖的再婚生活给他幼小的心灵带来极大的震撼。至今他还拍着大腿跟我感叹：“哎呀，真是老有钱了。”

我问：“到底多有钱？”

老姚没品位，车标不认识，名牌没听过，百年窖藏老酒在他眼里就是水。他吭哧半晌，说：“她有一把屠龙宝刀、一把裁决法杖和一枚麻痹戒指。”我还没来得及反应，老姚补了一句，“在你挖矿的那个游戏里。”

我叼着根烟，点头：“那可真够有钱的。”

那垃圾游戏里屠龙宝刀这样的装备得靠抽奖，对外宣传价格不菲，动辄二三十万，但我从来不信真有人会在这个游戏上消费。

现在看来，还真有。

老姚说：“陈颖玩这个游戏快玩魔怔了，天天都在玩，还组了个工会，而我就是她工会成员，天天拍她马屁，打金挖矿刷副本。她按时给我结工钱，打出来的装备还能卖给她，通俗点说就是陪玩兼职代练。”

我斜睨老姚：“老实交代，我打的矿石，你是不是转手卖给她了？”

老姚一边挠屁股，一边说没有。

“你一说谎就挠屁股。”

“这回是真有点痒，你信我。”

我懒得跟他计较这事儿，说：“那你们母子感情挺好的啊。”

老姚说：“才怪，她就不知道我是谁，当初我用小号加的她。”

我惊呆了：“你妈在外边花天酒地，你就当老鼠人捡她手指缝里漏下的过日子啊？”

老姚不当回事：“对啊。”

我说：“这口气换我我咽不下去，走，咱们现在就找她去！”

老姚说：“找她干吗啊？犯不着，直接上号给她发条消息，就说我得癌症了，看在这么多年陪她征战沙场的分上，她指定会把我医药费给垫了。”

我问：“那签字怎么办？”

老姚说：“找医院领导呗，没事，我有经验。”

我不信，费尽口舌不停地劝说。老姚左耳进右耳出，用我的笔记本开机上号，给一个名叫“冷艳继母”的女玩家发消息。

我凑过去，看到交易记录上有一批矿石。

我说：“她要是能打钱，我跟你姓。”

话音刚落，老姚手机响起短信提示，我凑过去一看，二十万进账。

“冷艳继母”解释道：限额了，剩下的明天再转。

好嘛，合着这二十万不是她的极限，是微信转账的极限。

忽然成了姚家的一分子，我很不服气。

我说：“她对一个游戏代练都这么大方，怎么就对亲生儿子置之不顾？”

老姚耸耸肩，没说话。即便老姚不说，我心里也清楚。陈颖嫁的是豪门，带着个拖油瓶，八成不受待见，说不定还会破坏夫妻感情。为了钱，她干脆就当没生过这个儿子。

我说：“那行，既然你没找陈颖，那我也就不用送显卡了，还能省一笔钱。”

老姚不乐意了。我说：“想要显卡，就去找陈颖，把话说清楚说明白了。”

老姚茫然：“我要说啥啊？”

我说：“让她去签字，你要是出了意外，她该负这个责！”

老姚说：“你咋急眼啊？”

我说：“我没急眼啊！我怎么就急眼了？”

老姚说：“你撒谎就喜欢反驳别人。”

我：“胡扯！”

老姚眨眼：“你在外边混那么多年，不也没联系过家里人吗？”

我语塞，不知如何反驳，也许这就是我生气的原因——我同样有一个糟糕的家庭，而且我和老姚一样懦弱，不敢直面他们。

在老姚身上，我看到自己的影子，没准下一个得绝症的就是我……也许他们也会像陈颖一样，对我不管不顾。

但在此之前，在老姚身体恶化前，陈颖还有弥补的机会。

我心想，不光是为了老姚，这口气不顺，我睡不着觉。说直白点，就是看不过眼。我忍不住代入老姚，幻想自己闯进陈颖的别墅，拿着病危通知单恶狠狠地控诉她。我要让她愧疚，让她难过，让她在新家庭中无地自容，光是想想我就兴奋了起来。

可老姚懦弱，他宁可不要显卡，也不去找陈颖。为了拒绝我，他躺在病床上装死，一会儿说头疼，一会儿说胃疼。我一咬牙，又给谈判加码一个显示屏。

老姚垂死病中惊坐起：“好！”

4.

高楼林立，地板铮亮，门口俩保安虎视眈眈。

我仰头，大厦玻璃折射的太阳光闪瞎了我的眼。有那么一瞬间，我怀疑老姚在耍我。

“这不是写字楼吗？陈颖住这儿？”

“她说她在这儿开了家公司，平时都睡在办公室里。”

“谁信啊？她不天天在玩游戏吗？”

“她都是挂机玩，我来实际操作，我就是干代练的。”

我心里有点没底了，原以为陈颖是恶毒妖艳的坏女人，但现在看来，她似乎是个不择手段的女强人。

“老吴，要不算了吧，反正都已经拿到钱了……”

我打断说：“这就不是钱不钱的事儿，未战先怯乃是兵家大忌！腰杆给我挺直咯！”

我俩雄赳赳气昂昂进去，没走两步，被大堂前台拦下。前台问我们去哪个公司。老姚报了名字，前台滑动屏幕，说：“今天没预约啊。”

我用胳膊顶老姚，老姚挠屁股，扯谎道：“我们是访客。”

前台不疑有他，让我们签字，给了一张临时通行卡。我俩心虚上楼，鬼鬼祟祟，溜到了公司门口，斜眼一瞅，公司叫宏诚信托基金。

我低声说：“看不出来啊，你妈还是炒股的？”

老姚挠屁股：“不知道啊。”

进了公司，前台拦下了我们：“找谁呢？”

老姚说：“找陈颖。”

前台一愣，没说话，回头进了一趟办公室，出来后说：“陈总不在。”

我指着办公室，问：“那里头是谁？”

前台小声回答：“是我们的客户，你们有事可以跟我说，我转告陈总。”

“也没啥事，就是想见陈总一面。”

“陈总档期很忙，二位留个电话，有空了就会通知你。”

老姚和我面面相觑，他小声问：“咋办？”

我说：“那就等呗。”

然后我俩就灰溜溜地下楼，就近找了个网吧，一边上网，一边等前台电话。

老姚在游戏里杀穿了十个来回，我俩熬了三天两夜，困了就趴在电脑桌上眯会儿，饿了就点外卖吃，整个人都要“电子坐化、赛博升仙”了。

“这样等下去不行。”

老姚疑惑：“不等还能怎样？”

我恼怒道：“就知道玩游戏，你吃药了吗？”

老姚说：“吃了吃了，咱们快开下一把。”

我说：“你是一点都不上心啊？我说的是等前台通知！这都几天了，连个回信都没有！不行，我得给她打回去。”

我拨前台电话，发现被拉黑，不由得大怒。老姚不予置评。我让他上号，“冷艳继母”正在线上，我在键盘上一阵敲打，问她在哪儿，她说在公司，我回了俩字：等着。

我拽起老姚，下机，出了网吧，直奔大厦。签字，领卡，上楼，一气呵成，我推开公司大门，二话不说就领着老姚往里闯。

前台见状，连忙拦住。我一把将她推开，闷头往办公室里冲，前台大喊：“你们干什么？保安！快去叫保安！”

我火气上来了，大吼：“今天我非要个说法不可！”

下一刻，我以橄榄球运动员般矫健的身姿飞扑过去，抓住了办公室的门把手，用肩膀撞开门，就地一个翻滚，冲进了里边。

一抬头，映入我眼帘的是一身名牌，目光向上，两条大长腿，还没看清，对方就一脚踹我脸上，高跟鞋差点把我给扎成牙签瓶盖。眼看着又是一脚踹下来，我连忙就地翻滚，捂着脸抬头，站在眼前的赫然是一位大美人。

办公室里边就一张办公桌，里边就她一个人，想来她就是陈颖。她看上去不到三十，很漂亮，老姚愣是一点都没继承她身上的优良基因。

不得不承认，她气场太强了，身高压我一头就算了，脚上还有致命武器，真要打起来，我感觉她能告到我倾家荡产。硬的不行，我打算来软的，当即大喊一声："老姚！到你出场的时候了！"

外边乱作一团。我又喊了一声老姚，没人应。

转头一看，老姚倒在地上蜷缩着，身上全是血，他剧烈地咳嗽着，一咳带出一摊血泡。我心里咯噔一声，打了三天游戏，都忘了老姚是个癌症患者，赶紧手忙脚乱摸出手机，准备拨号。陈颖忽然摁住我的手，用命令的口吻说："不准打！"

随后，她叫员工把老姚抬到楼道外边，又让他们把地上的血擦一擦。

"你什么意思？"我愤怒了。

"救护人员进公司有损公司声誉和形象，监控都拍下来了，是你俩擅闯的，他发病了，我们不负责！"

"你还是个人吗？你知道他是谁吗？"

陈颖冷漠道："知道，烂泥扶不上墙，早死早超生。"

我瞪大了眼，心里像被刺了一刀。此刻我只希望老姚已经昏了过去，听不见这句话。有那么一瞬间，我怒火达到了顶峰，甚至想动手，但是我被人拦住了，被人拉开了，胸腔里的火气一下就泄了，只剩下无奈。

也许，老姚不来找陈颖才是对的。

5.

老姚在 ICU 抢救了一夜，第二天早上才被推出手术室。

隔天，我来探视的时候，老姚醒了。他的脸白得像一张纸，没了血气，和氧气罩一个颜色。

“老姚，我错了。”

“不知道的还以为是你得癌症了，你要不要照照镜子？跟要死了一样。”

“你怎么跟没事人一样？陈颖那样对你……”

“陈颖是我妈还是你妈？”

“是你妈。”

“那你生的哪门子气？”

我想抽烟，但医院不能抽烟。沉默半晌，我叹了口气，说：“因为我妈也不要我了，但我不怨她，因为我爸是个酒鬼，前些年喝多了，在街上捅了人三刀，进去了，到现在还没出来。”

老姚也沉默了，半晌开口说：“你会因为陈颖的事儿生气，就说明你心底还是有怨气的，毕竟你爸是你爸，你是你。”

我没说话。老姚又问：“你还有你妈的联系方式吗？”

“有。”

“给她打过去。”

这回换我不自在了。我挠挠头，说：“打过去干吗？我又没得癌症。”

老姚说：“信我，等你快死了再打过去，就迟了。”

他说这话的时候，表情很认真，这时候我才觉得他像个十八岁的少年，讽刺的是，他快死的时候身上才迸发出朝气。

我别过脸，不敢与之对视，说：“算了吧。”

老姚说：“你折腾我的时候怎么不说算了？显卡我是玩不上了，我临死前就一个心愿，你给你妈打个电话，问问她在哪儿，在干吗。”

我说：“这不纯有病吗？多少年没联系过了，搞不好我妈还以为是诈骗电话呢。”

老姚伸手拔氧气罩，说：“你要不打，我就死给你看！”

我吓了一跳，连忙摁住他，说：“打打打，我回去了就打，你别乱来！”

老姚瞪眼，说：“现在就打！我看着你打！”

我拗不过他，也怕他真把自己弄死了，只好掏出手机，翻到通讯录最底下的一个号码。犹豫良久，在老姚的虎视眈眈下，我咬牙摁下了拨号键。

铃声好似催命符，老姚说：“开免提。”

我怒目相视，说：“人与人之间这点信任都没有了吗？”

老姚说：“巧了，还真没有。”

我强忍着羞耻摁下免提，铃声又响了四秒，电话接通了。我没说话。电话那头响起询问声：“小乐？”

老姚盯着我，在他的逼视下，我只好“嗯”了一声。

电话那头“哎呀”了一声，似乎有些不知所措。这时候，我听到了一句画外音，有男人在吼：“钱呢？”

电话那头声音变得急促，她说：“妈还有事，先挂了啊。”

电话重回安静，老姚看着我，我看着老姚。

老姚说：“看样子你妈过得不太如意啊，这事你知道吗？”

我挠了挠鼻子，说：“不知道。”

老姚说："要不去看看你妈？"

我说："算了吧，她也没找过我。"

老姚说："她不找你，可能有她的苦衷，天底下哪有当妈的不管儿子？"

我挑眉，反问："你妈也有苦衷？"

老姚不吱声了。我俩就这么一躺一坐，谁也没说话。

良久，老姚忽然说："要不你还是去看看吧，你还有的选，我就不一样了，我没的选。"

我看着他躺在病床上的样子，说了声"好"。

从医院出来后，我订了张最慢的火车票。站在马路边抽完了一包烟，我又把火车票给退了，改换成飞机票。

当天我什么都没带，也没回家收拾行李，孑然一身上了飞机。

几个小时后飞机落地，我打车到了我妈的新家。那是一片老城区，小巷逼仄潮湿，楼道阴森腐臭，并不像她当初描述的那样温馨漂亮。

我在楼道外踌躇良久，烟抽了一根又一根。天光渐渐暗去，一盏盏昏黄的路灯亮起，照得陋巷一截一截。远远地，我瞧见有个老妇人走来，她左手拖拽着麻袋，里边是空饮料瓶，右手提着扎好的纸皮，一颤一颤的。

隔着灯光，我们四目相对。她看到了，我试探着喊了声妈。

我不确定是不是她，时隔多年，我快认不出来了。但她听到这声喊，身子一颤，转身就走。我追上去，还没说话，她就说道："你认错人了！认错人了！"

她越是这么说，我越笃定。可我不知道该跟她说什么，就只能跟在她身后走着。她为了甩掉我，脚步越来越快，很惊慌，就像在躲避瘟疫；可她上了年纪，手上还提着东西，跑不快。

半晌后，她跑不动了，坐在路边。她终于肯拿正眼瞧我了，说："你咋过来了？出啥事了？"

我忽然决定撒个谎，说："我得癌症了。"

她一下慌了，问："哪里得癌症了？能治吗？要多少钱？现在感觉还好吗？医生怎么说？"

她问了一堆，我说："得了肺癌，晚期，医生说要动手术。"

她毫不犹豫，扯开领子，撕开里衬，从里边抽出一张银行卡，说："里边有六万块钱，你先拿着应急，不够再跟我说，我来想办法。"

我没接，问："哪儿来的钱！"

她把银行卡塞我手上，说："攒着给你娶媳妇的，打算攒够了十万给你。"

我说："我不打算娶媳妇。"

她着急，说："咋能不娶呢？等你治好了病，咱们再慢慢来。"

我忽然说："谁跟你咱们！"

话说出口，我就后悔了，但我又不想把话收回来，就这么盯着她。

她愣住了，眼眶一下泛红，没说话，也就这么盯着我。

反倒是我先心虚，低下了头，问："干吗不来找我？"

她说："你一个人过更好，妈没眼光，次次都托付错人。上回你爸喝多了，跑回家发酒疯，把你给打破了头，进医院缝了七针……后来他进去了，妈想找个更好的，能靠得住的……

结果……”她说不下去了。

我问：“这个也喝酒？”

她摇了摇头：“赌博，欠了十几万，放贷的要是知道我还有个儿子，这债就到你身上了。”

我拿着卡的手在发抖：“为什么不离了？”她又沉默了。

有时候我真的恨她懦弱，可我又不知道该说什么。最后的最后，我只能站在巷子口，拿着那张银行卡，看着她的背影蹒跚远去，隐没在楼道中。

半晌后，三楼一户人家的灯亮了。

我就近找了家网吧，开了台机子，边打游戏，边和老姚说了今天的遭遇。老姚默默听完，就回了两个字：“等着。”

我问他等什么，却不料他挂断了电话。

6.

翌日，我从网吧出来的时候，看到巷子口停着几辆警车。几个人在楼道拉拉扯扯，有个男人拒捕，被摁倒在地上。

他大喊：“我没聚赌！我没有！”

我妈站在一旁，哭得撕心裂肺。

我正准备上前问是怎么一回事，就瞧见一个提着公文包的西装男走近了，递给我妈一张名片，问她需不需要法律援助，免费的。我心说免费的才是最贵的，你提的公文包都是名牌货，当律师不赚钱喝西北风？

我还没拉住那西装男，电话响了。接通后，老姚问：“咋样？逮着了吗？”

我一愣，问："是你报的警？"

老姚说："对，我与罪恶不共戴天！"

我斜睨那西装男，问："律师也是你请的？"

老姚说："对，帮扶弱小，人人有责，顺带一提，他是离婚律师。"

"离了婚，我妈住哪儿？"

老姚说："你俩一块住呗，你不是老说看你那室友不爽吗，刚好能换个两室一厅。"

我沉默半晌，说："多管闲事，你哪儿来的钱？"

老姚说："我有个有钱的老妈，羡慕吧？"

我听得出来，老姚说这话的时候，并不开心。

事后，那个我只见过一面的男人因组织赌博，被判了一年。他入狱后，我妈总算有勇气提离婚，一切都是那位律师一手操办，两人甚至没见上面。

律师和我说："这种情况最好不要见面，有回他办了个离婚的案子，丈夫进去后，妻子要离婚，丈夫就装可怜，说要见面，一见面就威胁老婆，要是敢离婚，等他出去了就报复她。"

百分之八十的家暴都是这种情况，很难调解。

当天晚上，我妈给我炖了只鸡，清蒸了一条鱼。她说："你最喜欢吃鸡腿和鱼肚，多吃点。"

我心想我早就不吃这玩意了，外边沙县鸡腿六块钱一只，无骨烤鱼饭二十元一份，我都吃腻了。

但咬下第一口的时候，我才惊觉我得有十年没吃过鸡腿和鱼肚了，她做的菜味道竟然十年没变过。

我没得癌症，我妈也离了婚，搬到我的城市和我一起住，好像一切都有了一个新的开始。我俩说不上有隔阂，平时相处却小心翼翼，确实是发生了我所期望的改变，我也满足于当下的现状，但我总觉得，还有一道坎没过去——它就像是我心里的一根刺，让我吃也吃不好，睡也睡不好，我思来想去，也不知道问题出在哪儿。

直至我某天闲暇时登录游戏，叫老姚上号，他没回消息，我才恍然大悟。我想明白了那道坎、那根刺到底是什么——老姚快死了，我不想他带着遗憾走。

后来，我去医院看望老姚，医生说："手术预后很不理想，运气好，还有几年；运气不好，能见几面见几面。"

之后，我去了医院三回，没一次碰上老姚醒着，他的头发全没了，脸色一次比一次苍白，梦里都在咳嗽。

去第三回的时候，我对自己说："就算是绑，也得把陈颖绑来，给老姚做一顿饭，让他不留遗憾。"

隔天，我蹲在陈颖公司楼下，心想怎么着也能等到她落单的时候。倒不是真要绑架，而是找她好好聊聊，动之以情晓之以理，实在不行就跪在地上求她得了。

但我转念一想，陈颖的高跟鞋杀伤力太大，搞不好我刚跪下，就要挨一脚，于是我买了根棒球棍防身。结账的时候，我看到了一顶悍匪帽，心想如果陈颖真要我跪下，我就先戴上帽子，这样跪下去也不丢人了。

这一等就是七个小时，直至半夜十二点，陈颖才从大楼里边出来。我跟在她后头，没好意思上前跟她说话，直至她走进一条巷子，四下僻静无人。

我快步上前，陈颖一回头，就看到一个戴着悍匪帽、手拿棒球棍的和善帅哥。

我还没说话，她就掏出了防狼喷雾，还好我反应快，一个后撤步，捂住了眼睛。

陈颖大喊：“你要干什么！”

我说：“你儿子快死了，我就想让你去看他一眼，最好给他做顿饭吃！”

陈颖说：“你放屁，老娘都还没结婚，哪儿来的儿子？”

我心说不对啊，拉上悍匪帽，露出脸来，说：“是我，有印象吗？之前带着你儿子老姚找过你……”

陈颖翻了个白眼，说：“有病吧？他就不是我儿子。”

我不知道是哪里出了问题，死缠烂打，追问半天，陈颖才不耐烦地说：“他妈早死了，死前留了一大笔钱，交给我们信托，指名这笔钱是留给姚家诚的，而且要求公司必须以她的个人账号或游戏道具买卖的方式转账……

“总之，意思就是让我们保管这笔钱，假装她还活着，每天和儿子一起打游戏，隔三岔五转钱。她儿子也是个没上进心的，拿了钱什么也不干，混吃等死。”

说到这儿，陈颖——她应该叫别的名字——顿了顿，说：“我们没把这笔钱昧下，就赚个利息，已经很对得起她了，所以你们别再因为这破事烦我，大不了这单我们公司不接了。”

说完，她就踩着高跟鞋，噔噔噔，快步走远了。

我一个人站在巷子口，久久不能回神。

我心说：“让老姚去找陈颖，还真是我做错了。”

从一开始，我就不该去试图戳破陈颖死前最后的谎言。我甚至不知道她是怎么死的，也不知道她是什么时候死的，更不知道她是怎么瞒过老姚的。

回去的路上，我心里像是装满了石头，沉得我喘不过气。

老姚快死了，我不知道该不该把真相告诉他。

隔天，我又去看老姚。

这回他精神状态不错，半躺在床上，端着笔记本敲键盘。

见我来了，他打了声招呼，我凑过去看他在干吗。他说："我在删东西呢，等我死了，要留清白在人间。"

这话像块石头，砸得我心底又是一沉，我说："别乌鸦嘴，不一定死呢。"

老姚很洒脱，他说："没死最好，要是死了，我游戏账号都留给你。"

我说："你别吧，人死了要销户，身份证都没了，绑定在身份证上的账号也就没了。"

老姚神秘一笑，说："还真不一定，十多年前的老网游就不用绑身份证，到现在还是充点卡的呢……"

我说："你那号不是挺值钱吗？要不挂网上卖了吧，多赚点医疗费，给我可惜了。"

老姚摇头，说："要那么多钱干吗，生不带来死不带去的。我把账号给你，是为了让你帮我一个忙。"

我问："什么忙？"

老姚说："你用我的号继续给陈颖打装备，赚的钱算你的，平时你就跟她聊聊天、唠唠嗑，要是我微信账号被销了，你就跟她说我账号被盗，换了个号，总而言之，意思就是……"

我接话道："假装你还活着，对吧？"

老姚指着游戏里的小人建模，说："它活着，我就还活着。"

有那么一瞬间，我差点脱口而出，想说“冷艳继母”不是陈颖，更不是他妈，就算他把游戏账号留给我，也没有任何意义。

话已经到嘴边了，我生生咽下去，咀嚼一番，最后吐出一个“好”字。

7.

21 年冬天，雪格外大。老姚死了。

按照他的遗嘱，葬礼一切从简，墓碑中规中矩。我原以为他会搞个二维码，或者写个搞怪的墓志铭。但老姚说：“真死到临头了，还是有点盼着来生的，对于死后之事也就看重了。”

我坐在他的墓前，喝了半瓶二锅头，没抽烟。醉眼蒙眬时，我拿出手机，给“陈颖”发了条消息，说：老姚死了。

她回复：老姚是谁？

我打字说：别装了，我是戴匪帽的那个帅哥。

她回复：我知道，我不管你是谁，上了这个号，我就是陈颖。

我有些诧异，说：你还挺敬业的啊。

她回复：陈颖是我闺蜜。

随后，她把上两条消息撤回，说：什么意思？今晚九点，咱们沙城见。

我沉默了良久，回了两字：等着。

上号后，“陈颖”用那批矿石打了把长命锁，送给了“老姚”。戴上这装备，能给角色加 30 生命值，还能持续回血。

“老姚”打字说：谢谢。

“陈颖”说：客气什么，你癌症咋样了？

“老姚”说：好多了，医生说快出院了。

“陈颖”说：那就好，希望你戴上长命锁，能够健健康康，长命百岁。

我看着这行字，眼睛发酸，心说那女人也没有表面上的那么刻薄。

在打游戏的时候，我一直在想，老姚到底知不知道账号的另一边是别人呢？作为儿子，他到底知不知道母亲已故？

我猜他是知道的，他曾经跟我说的是“孤儿能不能免单”，他还说“犯不着”，他八成是知道的。但我不能肯定。

所以老姚会一直活着，陈颖也会一直活着。

他们之间的关系就和很多很多年前一样，会一直持续下去。

编号 00-04

004

A)

NAME

海岸边的黄昏线

00-04

LIST OF RELICS

序号	遗物名称	收容时间	生前
01		1990-5-13	
02		1992-4-18	
03		1994-6-1	
04		1994-8-2	
		1997-6-15	

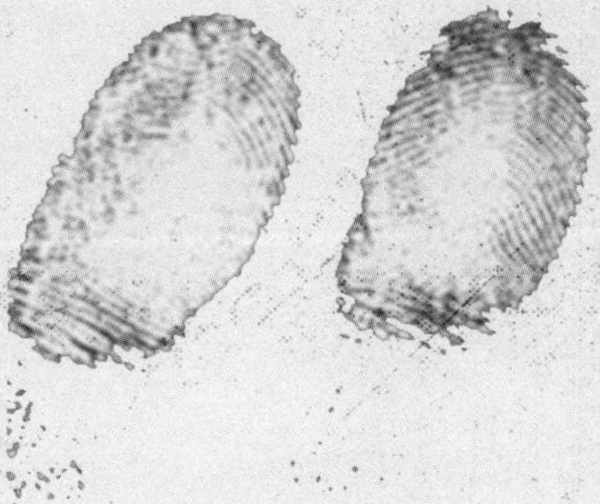

文 → 狮心

nxian

遗物清单

黄昏海岸边的线

编号 004

OF RELICS

Haianbiandehuanghunxian

1.

林珊业把钥匙插进锁孔，钥匙转动，最坏的情况出现了，门没有开。

房东在允许她拖欠了一个月房租的情况下，明说了一个月后就要换锁，她这才想起来。

“老男人，要不要那么无情？不就欠你两个月的房租嘛！”

话音刚落，一张刻薄的脸从上面的楼梯处探出来。

“我无情？”

“没有没有。”林珊业挥挥手，嘴角都歪到天花板了。

“别说我老黄铁公鸡一毛不拔啊，对你我够仁慈了吧。知道你一个外地来打工的小姑娘不容易，还多给你一个月时间找工作。工作呢？”

……

“房租呢？”

……

跟着老黄脑袋出来的，是他矮胖敦实的身体。在此刻林珊业的脑海里，这老头的脑袋和屁股上已经插满了羽毛，活脱脱一只昂着头的大花鸡。

“现在7月正是毕业季，找工作的人多，面试周期都长，好几家还在进行中……”林珊业越说声音越轻。

“人家要录用你的话，第二天就打电话了。”

林珊业不作声了。

“都说找工作难，我一把年纪了还有人找我修自行车，你一个小姑娘还能找不到。”

“时代早不同了……再说你都有退休金了，那破自行车摊顶多算副业……”林珊业嘟囔道。

“你说什么？”

“没没没，我说您老先生说得对。”

“那小区后门不是有招店员吗？你怎么不去？不就是拉不下面子。”

林珊业气得涨红了脸，却不知道怎么回他。让她一个做互联网运营的，去奶茶店做珍珠奶茶？

“今天你就搬走。”

“再宽限我一礼拜，我两个月的房租都给你！”

老黄像是没听到，下来开门，帮林珊业收拾东西。

“叔，叔，叔。这个点你把我轰出去，我肯定没地方住。钱我肯定还你，大不了我借信用卡，我还有额度！”

老黄停下了手上的动作，斜眼打量女孩。

“那下个月呢？再贷款？”

“下个月我就……”

“就能找到工作了？”

林珊业瘫倒在沙发上，她知道对方说的都是大实话，这几天发的简历，网上显示都是已读不回。

她能有什么办法，还能拿着刀上门逼别人给个面试机会不成？

老黄叹了口气，推给她一个电话。

“你试试联系一下这位，说是我介绍的，看能不能给你个机会。”

林珊业突然来了精神，端正好了坐姿。

这小老头面冷心热，平日里没少讽刺挖苦自己，但关键时刻居然还帮自己找工作。

“黄叔，这什么工作啊？”

“能做就做，不能做就滚。”

门“砰”的一声关上了，门口留下一把备用钥匙。

隔天天色渐晚，电话那头约在第三人民医院门口见面。

林珊业当时就感觉不对劲了，那位瘦却身姿挺拔的男面试官带她来到医院地下一层走廊尽头的太平间时，她的耐心几乎要耗尽。

“你不会是要把我卖了吧？齐先生。”

“老黄没有和你说过我们是做遗物整理的吗？”

“遗物整理？”林珊业一脸尴尬，保持着僵硬的笑容，想转身赶紧跑。

同一时间，一股香气扑鼻而来，离太平间没几步远，竟然是医院的食堂。油脂混着肉香，从四面八方钻进她的鼻子。对比预制菜，用明火和大锅子炒出来的饭菜显得更美味。

林珊业的肚子不争气地叫了起来。

一天都没吃东西，她刚想去买一份饭，却发现手机没电了。

齐陵看到女孩对食物的一脸渴望，虽然自己不饿，还是买了两份饭。

“你……”林珊业看对方扒拉着饭，实际就吃了几口蔬菜。

“我不吃，你吃吧。”

齐陵把筷子换了一头，夹住一块扣肉放到林珊业的碗里。他本以为小姑娘会不好意思，结果没几秒钟肉就消失在了林珊业的嘴里。

“你是有几顿没吃了？”

“我最近在减肥，不吃晚饭。”

当然另一个原因是贫穷，她已经三天没吃肉了。

“你等下怎么回家？”

“骑共享单车咯。”

“那也需要手机解锁的吧。”

“对啊！要不，你借我五十打车？回去就还你。”

“那不如工作一天，我给你一百五，日结。”

“嗯？”林珊业认真打量起眼前这个男人——黑色制服下是清爽的皮肤和骨节分明的手，五官很立体，不是第一眼帅哥，但属于越看越耐看的类型。齐陵说话慢吞吞的，像是一尊被供奉在森林神龛中的神像，有一种清澈的肃穆感。

“两百。”

“一百二。”

“两百！”

“那就一百。”

“一百五，一百五，一百五就一百五！”

林珊业看着太平间门口进进出出的人，吃饭的动作本能地慢了下来。

“你们直接来这里拉客啊？”

“人死后的第一站就是医院，我们是第一趟接送的人，要站好这班岗。”

太平间外的廊道站了不少人，比起大哭，大多是一张张麻木的脸，可能这些亲属在情感上还没有接受亲人的离世。

齐陵刚过去，就有人上前来搭话、咨询。不一会儿，齐陵就拿出了一份合同，与家属签了约。

林珊业站在旁边，只用面带微笑，点头附和。她心里暗想，这工作也挺好做的。

2.

晚上十点，齐陵带着林珊业来到了一个老小区。

死者的房间很干净。四面墙都摆满了书柜，书柜每一层都放置了两排书，可即便如此，地面上还是铺着很多书。房间的最中间有一张床，像是榻榻米一样，平贴在地上。林珊业心想，如果房间的主人生前要上厕所，还得踮起脚走路才行。

齐陵开始把书搬上车子。

“看什么呢，小林？”

“不是，我要帮着你一起搬？”

“你以为工作结束了，要送你回家？工作才刚开始。”

“要把这些东西搬去哪里啊？”

“搬到你家。”

遗物整理一般都是由继承者或者委托人整理死者生前的用品。也有委托专门整理遗物的机构帮忙的，如果没有委托人接收，遗物一般会由机构自行处理。

这次的死者是一个 25 岁的年轻人，名叫马维，父母健在，但是二老目前并未出现在儿子的葬礼上。齐陵联系了一周时间，也没有得到一个线下见面的机会，两位老人似乎在刻意回避。

“喂，凭什么把东西放在我的房间里啊？”

“你如果没拖欠房租的话，老黄确实没权利点头。”

看到齐陵一脸有恃无恐的样子，林珊业捏紧了拳头，谁让自己没钱交房租呢。

“所以呢，要不要先干这一行？”

“发工资吗？”

“包吃住。”

林珊业的房间一下子变得拥挤了很多，随意翻个身，就弄倒了一堆书。

收拾了半天的林珊业这下是彻底睡不着了，干脆坐起来玩会儿手机，没想到竟然在网上搜索到了马维。

“原来他还是个名人啊。”

马维出生在云丽，从小就被视为“神童”。3 岁时，他就已经认识了三千个汉字，14 岁考上大学，17 岁成为硕士，21

岁成为当地最年轻的博士生，之后进了一家非常优秀的生物医药公司，跟着项目负责人一起在 AI 制药领域做研究。但是工作还不到一年，马维就从公司离职了，之后一直以流浪汉的身份生活在桥洞底下。被发现后，马维换了一座城市，开启了放纵的生活。24 岁那年，他甚至还去了酒吧工作。

深夜，手机屏幕的光亮照进林珊业的瞳孔里，文字刺激着她的神经。

照片里，马维长着一颗圆圆的脑袋，相比同龄人似乎更显年轻一些。不同的照片里，他看起来好像不似同一个人，有的照片里的他，眼神像孩子一样清澈，有的狠辣，有的则是呆滞。

天渐渐亮了，送奶工和环卫工人一前一后地刚劳动完一轮，林珊业就要跟着齐陵去马维的父亲家了。

路上，林珊业用胳膊肘碰了碰一身黑的齐陵，挑眉道："老板，你没说这马维是名人啊，得加钱。"

"公众人物、名人、普通人，最后都是死人。没什么区别。"

齐陵一句话就把林珊业给顶回去了。

"遗物都没损坏吧？"

"该在哪儿的，就在哪儿。"

她此刻还是八卦的心态，不停地刷着手机，还时不时向齐陵探听消息："马维是自杀的吗？"

齐陵没有回答她。

"按理说，如果是意外或者他杀，警方应该会很快公布的吧。"

"少看点无良的营销号推文。"

"《天才的陨落还是伪装者的逃脱》，我昨天刷到的这篇文有点夸张了，把马维说成是一个被过度消耗的天才。他按照父母的要求一路读书，最后从象牙塔里出来，到了实际的工作层面，却发现根本没法施展自己的能力。”

“所以他就自暴自弃是吧？”

“你之前没和他爸联系？”

“我连电话都打不通。”齐陵看了眼后视镜，又说道，“但和他妈妈联系上了，从他妈妈处得知，马维和他爸的关系不是很好。”

“神童嘛，有几个和家里人关系好的？”

在一片错落的晨光中，林珊业看到了一张和马维完全不同的脸，中年男人的下巴刮得很干净，衣服明明洗得很干净，却依旧有一股酸涩的味道。

“他的东西，我一概不要。没良心的狗东西，他这是在报复我。”

马维的妈妈把他们拉到一边，带他们看马维小时候的房间。这里阳光透亮，是整个屋子最亮堂的地方，桌子上还摆放着他初中时的课本，好像时间从一开始就没有流淌过。

房间的墙壁上都是奖状。

屋外，坐在客厅的马维的父亲一直在喋喋不休，像是一个病人。

“他就是在报复我。他就是在报复我。这个小兔崽子在报复我！”

林珊业走到书柜前，拿起一本旧版本的《白鲸》，刚想要翻看，马维父亲走进来，抢走了她手上的书。

“他的东西我不要，你别拿进来！”

“不是，叔叔，这就是这里的书。”

“拿走！他的遗物我不要，别放在我们这儿。”

老头拼命把书塞回林珊业手上，也不听她说话。在推搡过程中，更是一手肘不小心打到了她的脸上。

“马洪新，你干吗呀！”

马维的妈妈一边抹着眼泪，一边出去了。林珊业忍着疼痛，无语地看着这一幕。她还想解释，那本书本来就在书柜上，并不是自己放上去的。齐陵挡在她的面前，示意她不要说了。

马洪新看到动静小了，又退回到了客厅。

马维的妈妈洗了把脸，重新回来，并关上了门。

“他爸平常不这样的，不好意思啊，小姑娘。”

“没事，阿姨。”林珊业揉了揉脸颊，其实没那么痛。

“阿姨，叔叔这边可能还需要时间来接受，我们今天就过来看看，预估一下能摆放的东西，过两天可能再来。”

“行的，小齐，麻烦你们了。”

马维的妈妈叹了口气重新退出房间，于是，房间里只剩下齐陵和林珊业。林珊业一脸不爽地看着齐陵。

“这个算不算工伤，有没有补偿的？”

“等下请你吃烤肉。”

“你说的。”

林珊业帮着齐陵拿出卷尺，测量起房间的长度和宽度。除此之外，齐陵还一个一个打开马维房间的柜子，戴上手套并伸手进去探查，以评估摆放空间的大小。

“拍照。”

“为什么还要拍照？”

“要保证每样东西都不能遗失。”

他从包里掏出了一个单反相机递给林珊业。

“遗物整理的意义，是把死者生前种种存活过的痕迹尽可能保存下来，留给生者。每件物品上都有他活过的痕迹。”

齐陵一边说，一边把柜子里的书叠放整齐。林珊业在旁边一直看着，暗暗称奇，明明齐陵并没做什么大的调整，只是上下叠放一下，整个空间就大了很多。

“小林，拍里面，现在只是简单地整理，到时候东西运过来了，还要更仔细地摆放。”

“马维那一整个出租屋的东西，这小房间根本放不下。”

“是啊。”齐陵也皱了皱眉。

林珊业起身，顺便打开了书桌下的抽屉，准备拍几张照片。她发现，除了文具之外，一支陈旧的口红被摆放在最里面。林珊业好奇地又往抽屉里面摸了摸，发现很多小小的发卡、头箍、假睫毛、指甲片、珍珠粉等东西。

“怎么都是女生用的啊？”

“是吗？”齐陵接过口红拿在手里看，“马维 14 岁上大学后，应该就没再回过自己的家了。那这些小东西就是他 14 岁之前的东西了。”

口红的款式是十年前的，上面落了一层厚厚的灰。齐陵扬了扬下巴，在床边柜子下方看到了少女的服装。

林珊业歪着头：“这个马维，不简单啊。”

“好好收拾，照相，别多嘴。”

“你说会不会是马维其实喜欢穿女生的衣服，但是被他爸发现了，于是……”

“你电影看多了吧，林珊业。”

“行啦，行啦，我错了。我闭嘴。”林珊业撇了撇嘴，只想着快点解决这单，把那些东西从自己的房子里搬走。

两人很快就把马维少年时居住的房间整理了一遍，离开时经过客厅，发现马洪新状态好一些了，正在看电视，只是眼神并没有随着电视里画面的焦点而移动。

两人刚想告辞，马维的母亲热情地挽留两人吃饭。

“阿姨没事儿，不忙活，太打扰了。”林珊业还惦记着烤肉。

“阿姨，那我们就不客气了。刚好肚子饿了。”齐陵保持着得体的微笑坐了下来，并不理会朝他使眼色的林珊业。

饭菜让屋里的气氛稍微缓和了一些。

马维的母亲多盛了一碗饭放在桌子的一角。吃着吃着，老两口的眼泪还是掉了下来。

“这浑小子就是在报复我，我一直知道。他以前一直考第一，小学全班第一，初中全校第一，高中全省第一，跳级考进大学。网上有人说他是读书读傻了，出了象牙塔什么都不会，接受不了落差，所以自杀了。根本没这回事！我知道这小子几斤几两，他还是没忘记那件事，一直没忘记。他以为这样我就会怎么样！”马洪新越说越激动，大口扒着碗里的饭粒。

“我吃得好，睡得好……咳……咳……”由于太激动，他被饭菜呛到，咳得前仰后合。

林珊业不知道该说什么，只觉得每一秒都很难熬。她眼神四处游离，突然看到了角落里的一间小房间，透过半掩的门缝，依稀可以看出那是一间空旷的房间。

“如果说把遗物……”

话还没说完，她就感觉被人踢了一脚，齐陵快速瞥了她一眼，林珊业选择闭嘴。

3.

“为什么不让我说完啊，如果用那间房间，也许马维的遗物就能装下了。”

“是的，我也注意到了，但当时那个场合，还是别提遗物的事了，他们家人可能还没做好交接遗物的准备。”

“那怎么办？在我那儿放一辈子？”

“这不才两天吗，再说这房间现在还是属于老黄吧？”

“算你狠，齐陵。”林珊业白了开车的男人一眼，很快，微信上收到了 250 块钱的红包。

“你的日结，50 算是补贴的烤肉钱。”

……

这个瞬间，林珊业突然觉得做日结也不错，不用应付复杂的人际关系，不用考虑养老、社保，干一天是一天，今朝有酒今朝醉。

车子一路颠簸后，缓缓驶向了市区。

“其实，像马维和马洪新这种极端亲子关系，在我们这行里并不少见……”

“马洪新并不是一直那么憎恨马维。至少毕业之前，两人的关系都不是这样。”

“你怎么看出来的？”

林珊业打开了微博，调出一张照片，齐陵瞥了一眼，看到了一家三口的合照。那个时候马洪新用力揽着自家儿子，挤出一脸傻气的笑来，任谁看了都会觉得这是一个以自己儿子为傲的普通父亲。

“可不止这一张哦，我看到老马家的相册，一直到马维读研之前，他们家每年新年都会拍一张全家福合照。就连马洪新的社交账号里，直到三年前，都在夸自家儿子优秀和出色。”

齐陵从后视镜里看了林珊业一眼。

“干吗看我？”

“你什么时候看他们家照片的？”

“拍照的时候啊，你当时头都快钻到底下那柜子里了。”

“你这信息搜集能力挺行啊。”

“就是有一点我想不通。”

“什么？”

“相册里，每个年龄段的照片底下都写了马维的年龄，我发现没有马维 7 岁之前的照片。”

“只有 8 岁之后的？”

“嗯。”

车子一路往前，外面是沉默的黑夜。

“哎呀！”林珊业从书包里掏出那本《白鲸》，一开始她只是随手拿出来看，结果马洪新把它当成马维的遗物，两人相互争执，后来她就随手放进了包里。

她随手翻开，发现最后几页竟然留有一些圆珠笔的字迹——

那天之后，我再也不敢去海滩，我害怕海浪的抓手。好像绳子套着我的脚，甩着我踏在浪上。

周围有很多灯光，渐行渐灭在远处。我在边上望着，说等着我过来。

然后，我过去。

林珊业念完了这段话，车内陷入短暂的沉默。

“还有吗？”

“没了。”

“也不一定是马维写的。”

“感觉还挺压抑的。他不会有什么精神类疾病吧？”

“这需要医生来开证明，我们就别瞎猜了。”

其实想要辨别是不是马维写的并不难，林珊业在网上能找到马维的笔迹，对比一下就知道了。她只是觉得没必要研究得那么深，现在她只想好好洗个澡，睡觉。

回到老小区，楼梯口出现了一个年轻女人。

“你好，请问马维的遗物是在你这里吗？我是黔江报业的记者，我姓傅。”

“你是怎么知道的？”林珊业刚说完立刻想掌嘴，这不是变相地承认了吗。

“马维的案子在社会上引起了很大的舆情，现在又有消息说，他涉及论文造假，我们想看一下他生前的东西，里面可能会有马维自杀的一些细节，比如……”

“等等，美女姐姐，你这说了一大堆，但首先你得解释一下是怎么找到我这里来的。”

“我们想做一篇马维案的特稿，所以去过医院了，那边的主任说相关殡葬人员已经介入。我们又联系了马维的父母，得知马维是一个人独居的状态。马维居住社区的警察通知了，不让我们深入调查。”

“不让就不让吧，专业的事让专业的人来。所以你就跟踪我们？我就是个临时工而已。”林珊业已经很困了，不停地打着哈欠，走到楼梯口。

“大众需要一个真相。”

“我就是大众，我现在需要休息。”

虽然林珊业已经挂上了一张臭脸，后面说的话也一点都不客气，但对方就是不生气，并且一路跟着。林珊业觉得自己就是一个临时顶上的打工人，比起让大家了解一个神童的内心世界，自己泡个澡更重要。

但是年轻女人一直在门口纠缠，林珊业担心老黄听到声音下来，并且周边邻居都是些老人，很多都睡了。

“好了好了，你别吵了，想看什么进来看。别影响到别人。”

进入房间，记者刚想对着满屋的书拍张照片，就被林珊业阻止了。

“看看可以，拍照就免了吧。”

“不好意思……”记者推了推眼镜。

“你们调查到哪一步了？”

“其实这些年，马维一直活在她姐的阴影里，没有出来。”记者很干脆，言简意赅地公开了自己的调查进度。

“马维有一个姐姐？”

林珊业与女记者同时一愣。

“你们去了他家，和他父母见过面，没有听说过他姐姐的事吗？”

“他爸基本没怎么开口。”

记者点点头，在本子上写了点什么。

“马维的生活经历比较特殊，除了作为神童的一面，包括他毕业后自毁前程的一些事，其实他的家庭关系这块也很复杂。马维的父亲小时候带他和他姐姐去了海滩，可回来的却只有马维和他父亲。”

“什么？”

“这件事马维一直没有在媒体上公开说明过，他很可能亲眼见到姐姐走失的过程。这件事在他的内心层面形成了很深的阴影。

“他这是在报复我。”这句话再次在林珊业的心里响起。

抽屉里的那支口红和指甲片应该是马维姐姐的。书里记录的那个海滩，是他过去真实去过的。

这些年，马维一直没有忘记关于姐姐的一切。

记者递来手机，里面是一张全家福，是马洪新、马维母亲、马维和一个扎马尾辫小姑娘的合照。照片里的马维笑得眼睛眯成一条缝，他的头从女孩的肩膀旁边探出来，女孩很可爱。

“所以，他们家从来没有马维 7 岁之前的照片。”

“林小姐，你说什么？”

林珊业跟她说了今天白天和马家打交道的一些事。

“也许读书是他躲避自我的避风港，毕业后，当他脱离教育这个体系来到社会，才发现这个世界的多面和复杂性，在这种角力里，他应该获得过短暂的快乐。”

记者盯着林珊业，眨巴着眼睛：“不是在故意寻求刺激和堕落吗？”

“我不觉得，我觉得他是在寻找自己到底是什么样的人。”

说完，林珊业挥挥手表示自己太累了，没有再搭理记者就去洗澡了。

林珊业躺在浴缸中，热气像是一双手，轻轻安抚着她疲累的身体。放空中，她突然看到那个在海浪边上的小男孩哭闹着，被父亲一把抱起来，他那在海边玩沙子的姐姐的身影逐渐变小，直到再也看不见。

4.

林珊业是被一连串的电话铃声吵醒的，她翻了个身，再次踢倒了许多书。

“林珊业，你究竟说了些什么？你看微信。”

电话里只余下微弱的电流声，林珊业打开微信，齐陵发给她的一篇推文已经有十万多的阅读量。文章大部分介绍了马维的经历，其中一段讲述他为了报复抛弃姐姐的父亲，而选择了在工作两年后自杀。

“警察……出了警情公告没有？”

“没有。但他们怎么会有马维亲笔字迹的？是你说的？”

文章拉到最后，林珊业看到了一张插图，居然是《白鲸》那本书上马维亲手写的那几行字。她明白了，昨天自己去浴室洗澡后，那位记者趁着客厅没人，没有第一时间离开，逗留了一会儿，翻找到了这本书。

所以马洪新说的话，她原封不动地写进了文章里。

“那个记者说……”

“她根本不是记者，就是一个自媒体博主。马维父亲的情绪本来就不稳定，现在这篇文章出来，再经过发酵，大家只会把怒火发泄在他父亲身上。”

林珊业大脑一阵空白，隐约感觉自己做了一件很愚蠢的事。

“对，马维确实有一个姐姐，在他 7 岁时失踪了，但失踪原因是否像文章里写的那样，根本无从查证。这篇文章只是在引导大众情绪，对于安抚家属完全没有帮助。”

齐陵的语气很冷，明显一直在压抑着自己的情绪。

“即便你不尊重这份工作，但我希望你能尊重一下人……”齐陵的语气透露出失望，“老黄说你的那些优点，我是真的没有看出来，我会把这几天的工资打给你。”

林珊业还想说什么，对方已把电话挂了。

力气从身体里慢慢抽离，明明困意也消失了，但就是站不起来。

恍惚中，林珊业陷入了浅层梦境，她梦到有人不停地轻拍她的脸，她想站起来追过去，却发现怎么都赶不上。

她从噩梦中惊醒，立刻给马维的母亲打了一个电话询问情况，对方哑着嗓子说，丈夫马洪新被很多电话骚扰，情绪激动进了医院，刚苏醒过来，还在输液。

马维母亲到底是一个在任何时刻都有礼貌的女人，还向林珊业表达谢谢她的关心，她不得不尴尬地挂了电话。

林珊业觉得自己该做一些事来弥补，她上网查看了下现在的舆论，却发现关于马维的形象越来越模糊，“神童”“原生家庭受害者”“复仇”“阳光型抑郁症”等话题标签都出来了。

她看着满屋子的书，突然发现自己可能才是真正了解马维的人。

他的所有遗物都在自己的房间里。

林珊业把联网的电子设备都放在一边，开始坐下来看马维的书。他是神童，一路跳级读书，但是课本的每一页上都被他记满了公式，每一本书上记着的笔记都把原本的书本内容给掩盖了。

在一本周记本上，马维的班主任写了一条评语：已与你父母沟通，希望你在十二点之前入睡，不要再熬夜到两点之后了。

马维固然记忆力强，天资聪颖，但让同龄人艳羡的常年第一，是靠自虐式的努力换来的。林珊业能想象到那些孤独的深夜，少年把自己藏在试题中，逐渐入睡。

林珊业每翻阅完一本书，就把书放到大厅。马维习惯性地会将一些想法记录在书上，林珊业甚至在一本生物医疗方面的外文书上看到他写的关于恋爱的事。

马维并不像外界说的那样，是一个只知道埋头学习的书呆子。他也谈过恋爱，甚至还细心地记录下每次约会中犯的小错误，比如女友穿高跟鞋时，要走慢一些；比如第一次点菜点得太油腻，女友实际没吃几口，之后要多点几道绿叶菜。

当然，他对父亲的态度展露无遗，他写道：

“我唯一想要切断的关系来源于父亲，我憎恨他的一切始于那个下午……

“搬家也是父亲导致的，所有的邻居都会用奇怪的眼神看我，好像在提醒我，背后有人跟着我。好像在提示我，我姐姐的死，都是我造成的。

“今天去了新的学校，班主任蹲在我面前，说不用怕，只要好好读书，这里没有人会在我背后指指点点。我知道他说的是真话，他是想帮我。但我还是感到很害怕。我害怕背后的指指点点。

“姐姐死去三年了，父亲从来不准我提起她，家里的照片也被拿走了。我偷偷藏了一张，我几乎快要记不住她了……”

林珊业一页一页翻看着。书上有不少页都消失了，边缘整齐，可能是马维写了什么话，之后又撕了下来，还有一些写完的句子被画圈涂黑了。林珊业仿佛看见了马维心里一个又一个黑洞。

马维保留了学生时代的习惯，又仿佛停留在学生阶段，书就像是一个个为他保守秘密的守护者，忠诚，沉默。

他不需要反馈，他只需要倾诉出来。

马维在《罪与罚》的序言里写道：

“我年少时并没有感受到多少快乐，如果长大以后，我成了一个优秀的快乐的人，那么成年后的生命时长超过了少年时期的生命时长，是否可以看作我的整个人生总体算是快乐的呢？那成年那一天能否快点到来？”

林珊业几乎想要拿起笔，隔着时间和空间，给予他回应。她想写，也许快乐是一种天赋，不是一种获得。

她第一次平视马维，不当他是一个神童、内心有着郁结的年轻人，而是一个孤独的少年。

林珊业的手指触摸着书页，好像触摸着少年的手，看到他的喜怒哀乐。

马维也有生活日常化的文字记录，例如点评当下的电影，但是他的阅片量并不高，所以喜欢的都是林珊业个人认为比较平庸的影片。

“这部影片很好看，是同类型电影中的里程碑之作，为什么网上还有那么多人在批评呢？”

看到这句话，林珊业没忍住，“扑哧”一下笑了出来。她自己就是批评那部电影的观众之一。如果他们两人哪天相遇，估计是做不成朋友了。

笑过之后，林珊业心里的一块大石头好像落地了。

马维的品味也不怎么样嘛，这不就是一个普通的男孩?

林珊业拍下一张一张有关马维的文字记录，将这些照片填满她的相册。

大学期间，马维时常提到一个名字——张怡，也就是他当时的女朋友。林珊业在京大找到了目前正准备出国留学的张怡。女孩留着长发，身高接近一米七，虽然瘦，但身上看得出有健身的线条痕迹。

张怡戴着一副黑框眼镜，说话小声，眼神却很锐利，且充满戒备。

“你觉得马维和你在一起时，精神状态很不好吗？”

“你又是哪个平台的记者？”

林珊业谁都不是，她只是一个在实习期就被辞退的遗物整理师。她想了一下，最后还是选择了说实话，并且把这几天发生的事一一说了出来。

“马维的东西都在你家？”

“嗯，但不知道能放多久。你想看的话，可以来看看。”

5.

林珊业第一次邀请别人来家里，她有点不好意思。

“有鞋套吗？”

“鞋套？没事，你直接进来吧。”

林珊业家没有鞋套，这几年她在城市里独自生存，一个来访的朋友都没有。

“我不知道能做什么，只是想让更多人认识到真实的马维是个什么样的人。你能告诉我吗，张小姐？”

张怡看着那些文字，眼眶瞬间红了：“这是他的字。”

“他写的关于你的那些事，我都整理出来了。”林珊业抿了抿唇，“啊，对不起，我私自看了，不过没给其他任何人看。”

“没关系，这是他的文字，我也没有权利决定该给谁看……他这个人，是个挺心软的人。网上说他会自杀，我绝对不相信。马维也根本不恨他的父亲，他一直和我说，想带他爸去一趟大雁塔，他从来没有带父母去旅游过，他做了很多攻略。”

这一点倒是出乎林珊业的意料，马维是心态转变了，还是在欺骗女友？

林珊业没有给张怡看关于马维家庭的部分。

“能问你个问题吗？”

“你是想问我们分开的事？”

“嗯。”

“是因为我喜欢上别人了，这个我并不避讳，但是我是和马维分手后，才和对方在一起的。”

林珊业轻轻“哦”了一声，点点头。

“我经常觉得自己不了解他，总感觉我们之间隔着什么。我们都是从京大毕业的，他更是成绩全系第二的学霸。我想不通他为什么会去做那些乱七八糟的工作。”

林珊业抱了抱张怡，她感受到对方在轻轻发抖。

隔天下午，林珊业去找了马维当年的班主任，对方曾经在马维的书包里找到过美工刀。

“就是那种看着不厚，但轻轻一推会出来很长刀片的美工刀，你见过的吧？”

林珊业点点头。

“我吓了一跳。我问他为什么放美工刀在书包里，他不说。”

“他当时有自残行为吗？”

“那应该没有。他手上没有划痕，至少那个时候我是注意过的。确实没有，至少我教他的那段时间是没有的。”

“嗯。那您觉得他是想伤害谁吗？”

“我没收了那把刀，然后心里有一个猜想啊。我瞎说的。你随便听听就行了，别当真。

“他是想要伤害马洪新。”

我听到后先是一愣，随即恢复了原来的神情。

“家长会嘛，有很多家长来，我看其他孩子去他们父母面前，要么开心，要么怕。马维看到他爸后，眼神都不一样了，变得直愣愣的。我碰了一下他的肩膀，感觉很僵硬，然后一瞬间他又恢复了。那眼神我印象挺深的。”

回去的路上，林珊业在白纸上划拉了一个时间段——上大学之后恋爱之前的这段时间，也就是大一，是马维变化最大的时候，如果班主任说的属实，那么他曾经很憎恨，甚至想过要伤害自己的父亲。因为在沙滩上，对方遗弃了他的姐姐。但是在与张怡相遇后，他却开始表达对父亲和母亲的爱，甚至计划着未来和父母一起出游。

这中间发生了什么？

林珊业犹豫了好几次，最终还是给齐陵打了电话。

“你要辞退我可以，但要等这个案子结束之后。马维的遗物，你不也没地方放嘛，放我那里正好。”

“你不是巴不得我快点拿走吗？”

“那我觉悟不至于那么低，还是工作重要。”

“林珊业，你都没签合同，是日结啊。”电话那头的人笑了出来，“再说，谁说是辞退你啊，你根本就还在试用期。”

“真的？你不怪我了？”

“还是会生气，但生气并没有什么用，不如留出时间做点实事。”

林珊业把这两天的信息和齐陵碰了一下，齐陵也告诉林珊业一件事，他从医院拿到了马维的就医报告，了解到他曾服用过很多精神类药物。

“不过除了这个之外，我还了解到他 5 岁从海滩回来之后发过一次烧，痊愈之后身体一直都很差。”

林珊业隐隐觉得哪里不对，虽然马家并不是富裕家庭，但也不至于要把孩子遗弃在海边。她开始在互联网上翻找过去的报道，齐陵提醒她，超过十年的报道不如去图书馆里找，因为那些纸质报道可能反倒更容易被保存、被发现。

林珊业终于找到了那份记载了海滩事件的报纸。

当时还没有满头白发的马洪新抱着小小的马维，马维的手上拿着一个卡通螃蟹玩具。文字记载了关于路人的采访，其中写道：小马维已经吓得昏迷过去，嘴里喊着“螃蟹不要了”。

林珊业回到家，终于从某个压在箱子底部的纸盒里，发现了那个红色的卡通螃蟹。她蹲坐下来闭上眼睛，然后打电话给齐陵：“其实我们都被马洪新给骗了。”

马维的姐姐，是因为马维才死的。

6.

金色沙滩海岸，现在只剩下零星的路灯和星火，游人们陆陆续续地走回酒店和马路，大多数人已经忘记了这里曾发生过意外。

齐陵说，马洪新因为情绪激动，从医院里逃出去了。林珊业也不知道怎么的，最后还是选择赌一把，来到了这里。

“是那个人吗？”

黑暗中，一个飘忽的人影走在海浪前，因为隔着一段距离，在海浪面前，看不出他是在前进还是在后退。

“过去看看。”

当林珊业靠近马洪新时，他的一只脚已经踏入了海浪里。

“他是在报复我。”

“他没有报复你。只是他回想起来了真相，他是在报复自己。因为是马维让姐姐去捡海浪边的螃蟹，最后导致姐姐被卷入了海中。那次发烧之后，他忘记了很多事，你为了不让他想起这件事，只字不提。在漫长的时光里，他真的以为是你的问题，将姐姐的死怪罪在你的身上。”

马洪新转过身，双腿在发抖。

“他少年时期一直刻意遗忘那段记忆，无视周遭的谣言和邻居的眼光，都当是你遗弃了姐姐。但成年后他还是记起来了，他并不恨你，甚至还规划过毕业后和你们一起去旅游。”

齐陵走近一些，慢慢道：“当马维发现真相，一直想要弥补自己的前半生除了读书外什么都没有的生活，所以他去做了很多事，故意打破所有人对神童、对京大毕业生的刻板印象，去尝试新的生活。这是他的自救。”

“马维是自杀的，他一直有抑郁方面的精神疾病，不是因为恨你。从来不是。”

久久的沉默，林珊业看不清马洪新的脸。

她只觉得那个人好像一点一点地在走近自己。也许带着哭声，也许哭得很小声，至少他在走回来。

一周后，遗物终于都回到了马维的老房间里，他的父母帮着一起放置，林珊业把最后一件物品安置完毕后，她鞠躬离开了房间。

齐陵：“遗物是生者和死者最后的联结。我们负责把死者最后的生活状态，通过那些没有生命力的物体一一拼凑，递交给生者。”

“嗯。”

“所以要继续做这行吗？”

齐陵递过来一份合同。

林珊业笑着接过：“可以是可以，唯一的条件是，下次能不能别把我的房间当临时储藏室了！生活是生活，工作是工作，要分清！”

齐陵露出一个抱歉的表情，说：“下不为例。”

刚说完，他的手机铃声响了，林珊业看着他的表情再次变得平静。

“走吧，又有新的东西要整理了。”

编号 00-05

005

00-05

LIST OF RELICS

玻璃弹珠

文 → 尚不趣

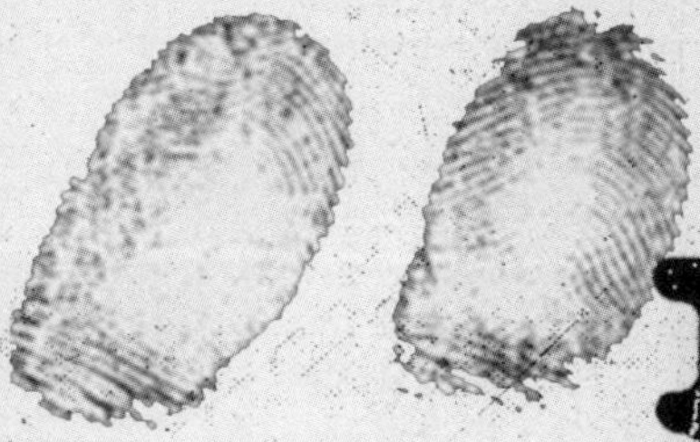

序号	遗物名称	收容时间	生前
01		1990-5-13	
02		1992-4-18	
03		1994-6-1	
04		1994-8-2	
[illegible]		1997-6-15	

遗物清单

玻璃弹珠

编号 005

STORE OF RELICS

1.

前几天我爸去世，我和妻子一起回老房子收拾东西，我父母没换过房子，加上上一代人不爱扔东西，积攒了好多大件小件。我妈怕触景生情，什么都不想留，我也没心思一样一样归置，大部分活儿就都是我妻子在干。

她收拾得仔细，在大衣柜上面发现了一个落满灰尘的铁盒，是过去装饼干用的，她打趣如果是饼干现在一定发霉了，结果打开看里面是半盒彩色的玻璃弹珠。

妻子玩心重，找了块平整地方瞎玩，虽然不得要领，但也十分开心。

她一边玩一边问我是不是打弹珠很厉害，小时候这东西稀罕，想收集得靠跟小伙伴比输赢，这么一盒子想必手下败将不少。

我这才反应过来已经很多年没想起过这盒弹珠了，便走过去捡起一颗，摆好姿势弹了出去。

一发空枪，什么也没打到。

弹珠骨碌碌滚远，眼看着就要往床底下钻，妻子半蹲着往前追，我赶忙拦住她，任由弹珠滚向床底。

这盒弹珠是一份遗物。

2003 年上高三，我因为频繁逃课被学校停学，老师让我叫家长来学校，我不打算告诉我爸，一出办公室就把校服脱了，看着周围一身校服的同学，我觉得自己是个男人了。

我爸那边肯定是瞒不住，但当时我已经打定主意不念书，就硬吃了我爸一顿皮带，伤都没好就去找了郑哥。

郑哥比我大了快十岁，小时候我们是邻居，他总带着我们几个孩子玩，现在他在一家 KTV 做经理，我说我不念书了，也不回家了，要跟他混。

那天在 KTV 办公室里，郑哥坐在老板椅上，几个小弟或坐或躺地在旁边沙发上抽烟，偶尔有女孩进来聊闲天，几双大长腿白得发亮，晃得我眼睛都不知道该往哪儿看。

郑哥没答应我，也没拒绝，他说先给我找个住的地方。他从椅子上站起来的时候，屋里所有人都坐正了，我跟在郑哥后面，觉得自己的面子也不小。

他给我找了个单间，算是临时住所，又给我扔下两千块钱。

KTV 我随便进，所有人都知道我是郑哥的弟弟，吃喝玩都挂账，以至于三个月后我离开 KTV 的时候，这两千块钱也没花光。

那时候整个社会都乱，KTV 是乱中之乱，也是三教九流聚集的地方，加上酒精加持，打砸闹事是常态，郑哥挂名是 KTV 的经理，其实做的是看场子的活儿。我在学校里也不是善茬，自认打架一把好手，便总想掺和掺和，可他从来不让我上前，偶有几次领着小弟带着家伙出门办事也是把我扔下。

我退学不是为了混日子，是为了在社会上混出个名堂，就总缠着他要找机会出出风头。他嘴上应承，可却还是什么都不让我插手，直到有次我在台球厅打球的时候他把我叫去了办公室，我以为他终于见识到我的闪光点了，结果他问我懂不懂电脑。

我不谦虚，给他从软件讲到硬件，从微软讲到苹果，正在讲个人电脑发展史的时候让他打断了，他说看我天天无所事事，给我找了个活儿。

我和他去了一处民宅，房子老旧，绿皮防盗门吱嘎嘎响。屋子是老格局，我们那儿叫一室半，一室指的是卧室，半指的是连接卧室卫生间和厨房的狭小空间，勉强可以称之为厅。

郑哥走上前一步，指着卧室床头书桌上的台式电脑，问我能不能修好。

我接通电源大概看了一下，硬件没什么问题，照理说重装系统就好，便拉过椅子摆弄起来。

书桌旁边是一张单人床，床上铺着已经洗得泛黄的蓝白格床单，床单上有一个十分惹眼的人形污渍。

我问郑哥，这是谁的房子，床上这么脏。

郑哥点了根烟，说："老头子本来挺爱干净，可死了没人知道，等发现时床单已经留下印子了。"

我没过脑子，下意识重复一句：“啊，死了没人知道。”

话一出口，我立马反应过来，推开椅子噌地站起来：“郑哥，你说给我找活儿，是给死人修电脑？”

2.

郑哥在 KTV 做经理有些年头了，手里攒了一些钱，那时候正赶上房子涨价，郑哥本想投资可错过了第一波，等房价涨起来，郑哥手里的钱就不够做炒家了。于是他打起了租房的主意，简单说就和现在租房公司一样，以低价长期租一大批房子，做二房东赚差价。

这个死去的老人叫张直青，六十多岁，就是郑哥的租客之一，老人一次性付了一年的房租，所以郑哥中间没怎么来看过。结果老人突发脑出血死亡，邻居闻到怪味找来郑哥，进屋时候尸体已经高度腐败了。

然后就是报警收拾房子联系家人，老人无儿无女，东西大部分扔到了垃圾站，就剩下这台电脑。

事情因果弄明白了，我是绝对不会再在这屋里待下去了，可郑哥安排的事情我又不好不办，便给电脑各部分简单报了个二手价，告诉郑哥按这个去卖。

郑哥拿本子一一记下来，最后说这电脑是老人唯一留下的东西，硬盘里可能有东西，让我看看能不能修好。

我找了个螺丝刀把电脑机箱拆开，把硬盘拆了出来。

那天晚上郑哥从 KTV 拿了台笔记本电脑给我，我又买了几条需要的数据线，捧着电脑和硬盘回了出租屋。

点亮硬盘不需要什么技术，我大概排查了可能的问题，随后重装了系统。这时候我都还不抱什么希望，毕竟老人要是把文件存 C 盘或者硬盘不分区的话，我重装系统就等于给格式化了。

幸好电脑有分区，简单分了个 C 盘 D 盘，老人没把东西存在 C 盘里，看来还是有一些电脑知识。

我大概整理了一下内容，有一些账本和一些老照片，还有一些日记，能看出他对电脑熟悉程度有限，这个文件夹塞一点儿，那个文件夹塞一点儿，存放无序，且好多都是重复的。

账本里都是鸡毛蒜皮的东西，小到新买了一个指甲钳，大到租房子的租金，事无巨细地记录在案，中间还有一个文档，是几个人的电话号码，标注的名字大抵是老张、小王、弟弟一类。

老照片应该是扫描版，估计是找哪个复印社扫的，图片有些还是歪的。照片是黑白的，我连老人本人都没见过，也认不出照片上的大人小孩儿都是谁。

日记就有趣多了，章节混乱，断句成谜，读起来颇有解密游戏的感觉。

不过即便有些许输入时造成的缺损，还是能看出大部分内容都是关于他的弟弟。

他弟弟叫张直明，照日记上的日期算，现在应该五十几岁，还健在。

“我已经学习打字月余，今日是我第一次用电脑打字，觉得很新鲜，又很不适应，总是找不到年轻时在纸上书写时的感觉。想了一下，初学写字时最先练的便是名字，那这第一篇日记便也从名字开始，我叫张直青，六十二岁。

“今日又收到老家来函，叫我偶尔回家去看看，我不敢回，主要是弟弟怨我，我也怕他误会我是为了和他争抢老家的房产。此房产一百三十余平，乃父亲遗产，落到我这里，我想将其交予弟弟，可还有亲属有异议，我也只能这样远走他乡，至于弟弟怨我，实属我个人之过。我虽思乡心切，也只能滞留在外。

“今日买些肉吃，想起弟弟小时轶事，父亲贪便宜买了米猪肉，被母亲训斥，两人吵闹可舍不得那扇猪肉，便想煮熟来吃。幸而父母与我皆无大碍，弟弟年幼，大病一场，事后虽痊愈，却再不吃任何猪肉，当时困苦，弟逢大难，现今我已六十有二，每每想起，依然心有余悸。

“还有一次我二人想分担些家务，打算偷偷帮父母劈柴，小孩拿不住斧头，崩了的木头碎屑扎进弟弟的手指，血流了不少才被父母发现。我兄弟二人受一顿打骂，最终那片木屑也没能取出来。小时候有种说法，扎进手里的刺会顺着血管流到心脏，致人死于非命，但弟弟并没有死，那片木屑直到他在火车站走失的时候，还留在他的手指之中，深埋于肉。

“我本不应该去追那个玻璃球，可年少无知，只觉得掉落的玻璃球是人生至宝，决不能丢在车站。待我一路追寻而去，弟弟已经消失在了车站的茫茫人海之中。我是哥哥，本应在旅途中照顾好弟弟，可我竟为了一个滚落的玻璃球，放开了弟弟的手。

“玻璃球能滚得很远，它不停下你就不要去捡，当你追着它跑的时候，哪怕再危险的东西，你都会视而不见。

“弟弟找回老家时我只觉是上天有灵，他不似年少时那般天真，却多了分戾气，我只当是这些年来流落在外的苦楚让他如此，接受他对我的所有怨怼。最后为了谋生，我选择北上，将房子托于他照顾，其实也是想逃离老家，逃离这几十年的愧疚，如今十数年已过，我总想着家乡的土地和他，却没有借口可以回去。

“记日记是为排遣孤独，也是为了留份回忆，希望弟弟能原谅我，也希望有生之年可以再回家乡。”

我虽然年纪小，但也能读出老人笔下深切的遗憾，既然弟弟还活着，他有权知道老人已死这件事，也应该看看老人生命最后的心声，想到这里，我又捧起电脑和硬盘去 KTV 找郑哥。

KTV 热闹，可办公室没人，我在沙发上坐下，见桌上有包拆封的烟，便抽出一根点上。那时我还没学会吸烟，有点儿紧张又有点儿兴奋，第一口浅浅吸进去，没什么感觉，才想起听人说吸烟要过肺，便深吸一口，呛得不行。

这时办公室门开了，我连忙把烟扔到地上踩灭，郑哥第一个进来，他用鼻子嗅了嗅，明显是闻到了屋子里没散的烟味，又看了看我，但什么也没说。

跟他后面进来的是个黄毛，手里还拎着个镐把，他随手把镐把往地上一扔，看见了沙发上的我。

“老弟来了。”他和我打招呼，我才看清他脸上青一块紫一块，应该是刚刚打架回来。

另外几个小弟也陆续进来，手里都是各种家伙，他们都跟我点头打招呼，我也一一回应。郑哥此时已经坐下，问我半夜过来有什么事，我跟他把硬盘里的东西讲了，他琢磨一会儿，说既然还有亲人在世，总得联系一下，免得日后找上门来惹麻烦。

我把笔记本递给郑哥，东西都已经拷贝过去，但硬盘留在了我的手上。

走出 KTV 没多远，黄毛喊住了我，他三步并作两步跑到我面前，把什么东西塞到我口袋里，然后拍拍我的肩膀，说："拿去抽。"说完他就转身小跑回了 KTV。

我把东西掏出来，是刚刚办公室桌上那包拆封的烟。

3.

黄毛年龄比我大不了多少，个头不高，但非常敦实，染着一头黄发，还打了两个耳洞。我曾经在 KTV 和他一起唱歌时见过他裸上身，后背和胸前有好几处刀伤。

他跟了郑哥大概只有一年，但是看起来郑哥跟他比跟其他小弟都要亲近。

自从他把那半包烟给我，我就学会了吸烟，有时候包房是满的，我无处可去，就跑到 KTV 后门吸烟，他也会跟过来。

我俩边吸烟边闲聊，看着烟雾散在夜空中，我有种学校里找不到的充实感。

后门没有招牌，只有几盏昏黄的门灯，那次我俩刚把烟点上，就有车灯远远晃过来，我刚想开口骂是谁不长眼睛，就被黄毛制止了。

他掐掉手里的烟，也把我嘴上叼的烟扔在地上，然后把我拉到一边，让开后门，示意我不要说话。

车子在门口停下，司机和副驾驶的一个彪形大汉先下了车，然后后门打开，一个穿西装的中年男人走了下来。

他们几人目不斜视，径直从后门进了 KTV，只有最后的彪形大汉跟黄毛点了点头。

后来我问黄毛这是哪个，黄毛告诉我，穿西装那男的姓刘，是郑哥和他们的老板，也就是 KTV 的老板。

“据说当年郑哥刚在道上混的时候，刘老板被仇家找上门，是郑哥替他挡了刀，才有今天在 KTV 的地位。就像我，因为我也帮郑哥挡过刀，所以别管我说什么，他都信我。”

说着黄毛扯了下衣领，露出胸前一道刀疤。

我不知应该怎么回应，便竖起大拇指，又问他：“怎么老板平常都不来 KTV？”黄毛做出一副鄙视的表情，说：“刘老板产业大着呢，KTV 在他眼里不过是个小买卖，偶尔来看看就够了，而且这里有郑哥坐镇，谁也闹不出什么风浪。”

我似懂非懂，只能点头，黄毛又跟我说：“时候到了，郑哥会帮你引见的。”

我听他这么说，多少有些兴奋，认识刘老板，我也是见过大场面的人了。

正在我幻想的时候，后门吱嘎一声开了，出来的是郑哥。

“郑哥。”我手里夹着烟跟他打招呼，郑哥看看我，又看看黄毛。

“黄毛，你来我办公室，有事找你。”

“那我呢，郑哥？”我跃跃欲试。

郑哥上下打量我一圈：“你？你要闲不住，正好有件事需要人去办。”

郑哥说要办的事，是联系死者张直青的弟弟，张直明。

张直青的账本里夹了张图，上面就有他弟弟的电话，我打过去，对面是一个极不耐烦的苍老声音。

我尽量用最简短的语言复述了整件事情，包括张直青的突然去世和我们与他的关系，以及张直青留下的遗物。

听起来电话那头的张直明对这些都不太感兴趣，我按郑哥教我的，跟张直明讲领取遗物和骨灰的事情，张直明有一声没一声地应，最后对我提出让他来一趟这件事只说了三个字就挂断了电话。

“再说吧。”

我没见过面对亲人去世如此冷淡的，只觉得电话打了也白打，可还没等我去告诉郑哥进展，张直明的电话就打了回来。

“是张直青去世了？”他这句话总让我有种明知故问的感觉。

“对，你哥哥去世了。”

“对，我哥哥。”张直明无意义地重复了一遍这句话，然后接着说，“你刚才说他有遗物，是什么？”

我有点儿不耐烦，告诉张直青他哥哥留下块硬盘，里面是日记。

“日记？”我发现张直明对遗物的兴趣远远大于死亡本身，“那日记你看过了？”

我点点头，突然想起电话那边的人看不见，便告诉他：“我肯定是看了，要不找不到你，现在剩下这件遗物，还要给遗体办死亡证明和火化，你要有工夫赶紧过来吧。”

“好的好的。”张直明一反刚刚冷淡的态度，甚至有些谄媚。

两天后我见到了张直明，他坐绿皮火车过来，我在火车站接的他。

这个人瘦高，面色暗沉，头发很短，后脑勺上有一块斑秃。此前我已经在郑哥那里见到了张直青的照片，兄弟俩相似的地方不多。

张直明一和我见面就从身后的背包里掏出一袋子东西，说是给我的礼物，我觉得那袋子不太干净，但不接又不太好，便勉强接下来，拿到手里发现是一袋栗子。

我觉得有些好笑，只当是老人朴实的表现，便一边和他聊天，一边带他先去了饭店。

吃饭间张直明看起来心情还不错，他说这么大的事儿多亏了我，今天无论如何要请我吃饭，但点菜时候他拿着菜单不放手，什么都没问我就点了一桌子菜。

“这些年了，我一直在找我哥。”说这话的时候张直明已经喝掉了一瓶啤酒，他解释说哥哥这些年没回过老家，他通过各种渠道找过，但都没有结果。

我提到电脑里的日记，他试探着问我日记里的内容，我大概讲一讲，他只管点头，然后附和说就是这样，就是这样。

按他的说法，他和张直青在小时候和父母一起出门探亲，大包小裹都在父母手里，只能由张直青来照顾他。

张直青特别宝贝一颗玻璃弹珠，即使出门在火车站也要拿在手里摆弄。

那颗玻璃弹珠不小心滚落到了站台上，张直青甩开张直明的手去追，等捡到弹珠时，两人已经走散了。

那个年代他们家并不富裕，火车票昂贵，如果错过了这一班，他们没钱再买，于是他们的父母放弃寻找张直明，三人上了火车。

从此以后，张直明和家人分开，一别就是二十多年。

这二十几年里，最初被丢在火车站的张直明只能四处乞讨，幸好后来他被一户好心人家收养，养父母去世后他听说故乡有招伐木工人的工作，终于得以回家寻亲。

“我跟你说，那一路可不是人走的。”张直明咂咂嘴，略作停顿，我感觉他的思绪回到了多年前的那段旅途之中。

“那时候和现在不一样，我只记得家在那个城市，只能边走边找，我攒了点儿钱，因为养父母已经死了，我把钱都带在身上，年纪小也不懂得财不露白，路上招惹了许多麻烦。”

他口中的麻烦甚至不是什么车匪路霸，只是一个偶然同行的路人，那路人恰巧和他同路，两人本是一同前行，可那人见钱眼开，一路上都在觊觎他的钱袋子，几次偷窃不成变成了明抢。幸好张直明一直在做伐木工，有一身使不完的力气，钱和命都保住了，但还是多少受了些伤。

讲到这里，张直明伸出手掌，那是一双明显做苦工的手，皮肤粗糙，指关节粗大，更关键的是，左手少了食指和中指两根手指。

“后来那家伙掏出了刀子，我只能用手接，断了两根手指。”张直明平淡地讲述曾经发生的惊险故事，我那时最喜欢这种半真半假的江湖故事，不禁也听得入神，只道世事无常。

这是张直明讲的最后一个完整的片段，接下来的人生在他口中语焉不详。

我大概能听明白张直青离开家乡之后，张直明也过得不好，他一直没有稳定的工作，靠打零工维持生活，直到现在都没有成家。不过按他的说法，他马上就能交够退休金，退了休一个月能有几千块入账，到时便可以安度晚年。

饭快吃完的时候，他问张直青的日记带没带来，我跟他解释日记留存在硬盘里，我没有随身携带。他明显是对电脑没有概念，只是“喔喔”地点头，然后说既然看不到，就先把其他事情办了再说。

我们约好第二天一起去办手续，到要结账的时候张直明迟迟不吭声，我只能自掏腰包把账结了。

4.

晚上回到 KTV，我把事情讲给郑哥听，郑哥一边听一边皱眉，他对我说这件事本来就和我们没什么关系，就倒霉在张直青死在了出租屋，只要亲属不闹，能不管就不管了，现在分不出来那个济世救人的心。

我倒是持不一样的态度，两兄弟的故事多少打动了我，无论是愧疚半生的张直青，还是历尽艰险终于回家的张直明。我想着反正郑哥也不给我正经的工作，索性陪张直明把事情办完。

虽然我心里一直想着两个老人的事情，但还是发现那天 KTV 里的气氛不太对，几个场子里的小弟都皱着眉头，郑哥也不太爱搭理人。我本想找人打两局台球再回出租房，可没人应声，都死气沉沉地盯着手机，问发生什么了也不说。

那天晚上 KTV 有一伙酒后闹事的客人，场子里虽然有不少人看场子，打架也时有发生，但大多数时候第一选择还是息事宁人，而且郑哥几乎不自己出面，但那天晚上是个例外。

闹事的客人摔了瓶子，大吵大骂，几个小弟围着客人，一边说好话安抚，一边控制客人的行动，以免事态扩大。

这时我看见郑哥从办公室出来，他眼神一团死灰，是我见都没见过的样子。

小弟们都顾着闹事的顾客，除了我没人注意到郑哥随手拎了个酒瓶子分开人群朝着客人而去。

我脑子飞转，几乎是飞扑过去拦住了举起酒瓶子的郑哥，郑哥被我拦住，手却没停，酒瓶子甩出去，啪地砸碎在前台的大理石台面上。

这一下吸引了场中所有人的注意，小弟们见郑哥这架势，一时不知道该继续安抚客人还是动手，客人被这一吓唬酒醒了大半，叫骂声也瞬间停了下来。我一边拽着郑哥一边不断地朝众人挥手，闹事的客人见势不妙，赶忙从大门溜了。

这时我才反应过来，今晚黄毛没在，这些事平常都是他处理的。

第二天我一大早就去找了张直明，然后陪他去市政大厅和房管局办各种手续。那年代遗产处理可能速度慢，但对各种手续的要求没有现在这么麻烦，当然我也帮不了什么忙，至多是帮他引引路，找找办事的地方。

过户房产的时候我想起张直青的日记里提到他在老家还有一些亲戚，如果不是这些亲戚阻挠，房子早已经过户给了张直明。按理说如果有其他亲属，需要做放弃房产的公证，但房管局的工作人员并没有提到这件事。

我问张直明这是怎么回事，张直明在房管局大门口毫不在意地啐了一口。

“呸，什么亲戚，就是一些爱管闲事的老辈，总跟我哥讲些有的没的，现在房子办完过户也到我手了，等我回去看怎么收拾他们。”

我惊讶于之前在饭桌上还对我满脸堆笑谄媚的老人此刻竟显得如此恶毒，想必在家乡受气不小。

手续来来回回要跑几天，我让张直明回旅店去等着就行，有事打我电话。

这时候张直明又满脸堆笑，迟迟不挪脚步，我问他还有别的事吗，他盯着我的口袋搓着手。

“旅店的钱是不是能给我报销了？”

我皱起眉，昨天那顿饭这老头点的都是大鱼大肉，光是红烧肉就吃掉了一大盘，现在又找我要房费，我连收入都没有，等于是靠着郑哥接济过活，自然是不想给他出钱。

也许他看出我的拒绝，不等我说话，便接了一句：“毕竟，我哥哥是死在你们房子里的……”

这一句话弄得我没了脾气，郑哥也反复跟我说过，什么兄弟之间的陈年往事都不重要，重要的是不要让这老头因为死人闹事。

幸好旅店不贵，我给他掏了足够三天的钱，依然用的是郑哥给我的那两千块。

之后几天连我都能看出来，KTV 一直处于一股低沉的气氛之中，黄毛再没来过，郑哥也总是拿着手机发呆，我几次开口问发生了什么，郑哥的答复就是不要多管闲事。

张直明倒是天天给我打电话，其实他那边我还有一件事没办完，就是把记录了他哥哥日记的硬盘给他，可他每次打电话就是想要钱，我也懒得搭理。

这时候我在 KTV 也已经混了有三个月，其间我爸找过我几次，都让我顶了回去，他渐渐也松了口，不想上学可以不上，但至少学门技术，或是找个正经工作。

我虽然吃喝不愁，但都是靠郑哥接济，我明白他是把我当弟弟养，没想过让我跟着他混。

这天我又在后门抽烟，刘老板的车又开了过来，这还是我第一次见到刘老板白天来 KTV，我没单独接触过这种大人物，一时有些紧张，忙掐了烟躲到一边。

刘老板的车一共来了三辆，除了他和之前我见过的那两人，又多了几个长相凶狠的家伙。他们一行浩浩荡荡，从后门进了 KTV。

他们进去后我开始胡思乱想，刘老板带这么多人，这个架势肯定是有事发生。黄毛不知因为什么不在，郑哥身边得有个信得过的帮手，这也是我出人头地的机会。

我打定主意就回到 KTV，白天没有客人，大厅里本就没窗户，也没把灯全打开，昏昏暗暗的，我看见郑哥背对着我，几个小弟围着他，小声商量着什么。

“郑哥，是不是有什么事，我看刘老板来了，你带我一个，什么我都能干。”

郑哥听见我的声音回头望，眉头像打结似的拧在一起：“你这个时间来 KTV 干吗？”

他这么一问，倒把我问蒙了，我一时语塞，支支吾吾地说：“那我也不能天天白吃白喝啊，我学都不上了来找你就是为了出人头地的。”

郑哥深吸一口气，分开人群，走过来扒拉着我的头：“你个小崽子学什么不好，学人混社会，我给你吃给你喝你还不乐意了？你退学当天你爸就给我打电话了，他猜着你肯定来找我，让我好好管管你，你个不争气的东西。”

我被郑哥一下一下扒拉得有些气恼，却不敢作声，要是他不说，我还不知道父亲早就跟他通过电话。

“赶紧滚，我这里不是托儿所，养不了你这种大爷。”

我不知道去哪儿，反正是不想回家，就又死皮赖脸地回了郑哥给我安排的出租屋，这里是不能待了，KTV 我也不能再回去了，刚刚郑哥当着那么多小弟的面训我，我脸还往哪里搁。

可我能去哪儿呢？翻翻口袋里郑哥给我那两千已经花得所剩无几，一筹莫展之时，我看见了一直忘记带给张直明的硬盘。

5.

给张直明打电话的时候我是压着火气的，毕竟刚被郑哥教训完，张直明又总是想着从我这儿刮钱。

果不其然，他接通电话第一句就是：“能不能给我拿个百十块钱吃饭？”

我再也压不住火，告诉他所有事都跟我没关系，我一分钱也不会给他。

“你还管我要钱？你给我钱还差不多，你哥的硬盘是我修好的，我就是看了日记找的你，要不是我，房子你能过户？你连你哥死了都不知道，硬盘你要是想要，就把这几天吃我的喝我的给我拿回来！”

我几乎是喊着说完这话的，要是让郑哥和黄毛听到，准得笑掉大牙，憋了半天，我也就是想把张直明从我这儿拿到的钱拿回来而已。

电话那边沉默了好一会儿，我的心扑通扑通跳，脑子里反复预想张直明是啥反应，结果他只是冷冷地来了一句：“哦，在这儿等着我呢。”

这话说得像是我有意讹他，可我就是想拿回自己的钱。

他又问：“日记写得详细吗？”

我说：“反正你俩的事儿都说明白了，你哥怎么想的，你也知道。”

张直青人生的后半程都活在对张直明的愧疚之中，这种愧疚无法弥补，但当事人确实应该了解。

他说：“那行，还是上次吃饭那地方，咱见一面。”

我俩在饭馆见面，我到的时候菜已经上桌了，跟上次我请他时一样。

张直明掏出一沓毛票给我：“一共六百二十八，我现在身上就这些。”

这时候我火气已经消了大半，看他这态度反倒有点儿不好意思。我其实也没算过给他拿了多少钱，就把钱囫囵揣下，数都没数。

然后我把硬盘从口袋里掏出递给他，他拿在手里左打量右打量，问我：“张直青日记就存这里了？这得怎么看啊？”

“接电脑就能看，你搞不明白就随便找个年轻人，都会弄。”我一边说一边看见他脚边放着大包小裹，就问，“你这是拎着些什么啊？”

他把硬盘揣进贴身口袋里，笑着说：“这不事情都办完了吗，我得回老家了，寻思带点儿这边的特产给亲戚们分一分。不过今天逛了一天，人老了，也拎不动了，再说你看我这手。”说到这儿，他又在我面前晃了晃他那缺失了两根手指的左手，“小兄弟你帮我拎回旅店吧。”

但凡他在还钱这事儿上有一点扯皮，我绝对不帮他这个忙，可他态度挺爽快，又是个残疾人，我就没法拒绝。

等走出饭店的时候，我肩上扛了几大包的特产，张直明只拎了个空荡荡的皮包。

“打个车走吧，我出车钱。”东西不轻，我也不想浪费时间。

张直明摇摇头：“没多远，几步就到。”他一边说一边走，东西在我手上，我只能快步跟上。

张直明嘴里的没多远足足走了十分钟还没到。

我看着周围的路越走越偏，偏到了一片待拆的城中村，便问他到底还有多远。

他指着远处一个看起来已经废弃的民房说：“就那儿，这边旅店便宜，我不舍得多花钱。”

“那旅店钱不也是我给你的吗……”我一边抱怨一边跟着往前走，“你这东西太沉了，要不是刚才我多吃了几块红烧肉，现在都没力气了。”

我本是自言自语，但突然觉出不对，那可是红烧肉啊。

在张直青的日记里，张直明小时候因为吃米猪肉生了场大病，从此之后再不碰猪肉。

他这两次吃饭时可从来没忌口过红烧肉。

想到这里我停下了脚步，张直明见我落下，回头阴恻恻地看着我。

“来啊，再有几步就到了。”

他摆摆头示意我跟上，然后右手缓缓地伸进了皮包中。

天色虽晚，我还是看见了张直明提着皮包的左手，两指齐根而断。

“那片木屑直到他在火车站走失的时候，还留在他的手指之中，深埋于肉。”

这是分别几十年后，张直明和家人相认最容易辨认的特征。

张直明没再说话，右手已经没入了皮包，似是握住了什么东西。

我甩下肩上的大包小裹，转身便逃。

6.

我后来想，也许那个故事是真的，张直明在终于有幸归家之时，遇到了怀有歹心的同路人。

但故事的走向在中段发生了分歧：其中一种走向是，张直明以两根手指为代价保住了生命，顺利回到了老家，因为年岁已长，他不再因小时那场大病忌讳猪肉。而另一种走向是，张直明没发现那个同路人的歹心，他以为这只是同处于苦难之中的两个行路人的短暂相遇。于是他将这些年的苦楚和盘托出，以至于当他的身份被盗取之时，那个小偷能事无巨细地复述幼时张直明的记忆，并且狠下心来斩断了自己的两根手指，让那个辨认身份的特征不复存在。

我甩下包袱一路狂奔，不知道自己跑到了哪一条路上。

张直明没追上来，也没再联系过我。

那天我一路跑回 KTV，果然如郑哥所说，KTV 整夜关门没有营业，我想从后门试试能不能进去，可锁得严实，我只能躲回出租房。

我整夜没睡，天一亮就奔向 KTV，一方面是我想跟郑哥讲讲我的推测，另一方面我也想知道刘老板到底给他们安排了什么大事。

没等走到 KTV，我就感觉到了不属于清晨的喧闹，一辆救护车停在 KTV 门口，有人盖着白布从 KTV 里被人抬出来。

那之后 KTV 关停了很久，我联系不上郑哥，也联系不上黄毛，我揣着从张直明那儿拿来的几百块钱在网吧住了几天，弹尽粮绝时只能回了家。

我爸见我回家欲言又止，我以为他是想骂我，却怕我第二次离家出走，后来才知道我想错了，他想和我说的是关于郑哥的事。

那天救护车抬出来的人就是郑哥，他在办公室心脏病突发，如果回溯时间，当时我在后门徘徊的时候，他正在老板椅上滑向死亡。

我不相信这个结果，郑哥才三十几岁，没有心脏病史，而且几个小弟也都跟在身边，怎么第二天早上才会被发现？

为了这事儿我去找了好几个郑哥曾经的小弟，大家都口径一致，那天 KTV 歇业休息，只有郑哥一个人在办公室，他们都是第二天早上上班才发现的尸体。我又问他们那刘老板在哪儿，刘老板到底找他们做什么，他们就又换了一套说辞。

“我们这些打工的，不认识大老板。”

我觉得自己掉进了一个谎言的漩涡，左冲右突却又无法逃离。

7.

这件事的真相后来是我爸告诉我的，他说事情基本过去了，跟我也没有关系，所以可以讲了。

原来郑哥表面风光，其实攒不下什么钱，挣得多，开销也大，他多次提到想像刘老板一样做个老板，赚笔大钱，可苦于没有机会。

黄毛确实替他挡过刀，也是他最信任的小弟，可这件事上，是黄毛骗了他。

黄毛自称结识了一个开发商，他们现在可以入股一个新楼盘的开发项目，一本万利。郑哥在社会上混的年头多，本应有最基本的判断力，但在他们那个圈子里，生意一直都是这么做的，没有什么前期调研、规范的合同，大部分都是砸钱找关系，靠信息差和垄断赚取利润。

所以这么一个连我这种高中生都不会信的骗局让郑哥结结实实着了道。

黄毛开口就是两千万投资，郑哥当然没有，他只能去找刘老板借钱，结果拿到钱的第二天，黄毛就消失了。

刘老板念以前情义，给了郑哥几天时间，我见到刘老板带人来 KTV，是他们约定的最后一天。

再后来的事情没人知道细节，但所有人，包括郑哥以前的小弟都一口咬定郑哥死于突发心脏病，KTV 关了几天换了个经理继续营业，我再没去过。

郑哥的葬礼是我和我爸一起去的，他那些小弟一个都没有来。郑哥的妈妈哭得很凶，我离开时她给了我一个铁盒子，我接过来的时候里面哐啷啷响，我知道那里面是半盒子玻璃弹珠。

那本来是满满一盒子的，我和郑哥小时候花了一个暑假的时间打败了老家巷子里其他所有的小孩儿，终于攒够了满满一盒。当我们把最后一颗弹珠塞到盒子里时，我们觉得自己就是世界上最强大的战士。

可这种自豪感只持续了短短几分钟，在回家的路上，我们正准备穿过那条每天无数次穿行的马路时，一辆摩托车飞驰而过。紧紧捧着铁盒的我被吓了个踉跄，铁盒子砸在地上，玻璃珠散落了整条街。

圆形的玻璃弹珠越滚越快，我急得快要哭出来，只能追着四处散落的弹珠跑，郑哥这时一把拽住了我。

他说："别追着滚动的弹珠跑，你只盯着弹珠，周围有什么危险你都注意不到。"

那天夕阳西下，我和郑哥就站在马路边上，看着被夕阳照耀得闪闪发光的弹珠越滚越远，像是在地上逃亡的星星。

最后我们只能找回战利品的一半，大部分弹珠都滚落到了河沟树丛和下水道里。

多年之后，我依然记得郑哥告诉我的话，可惜他自己却忘了。

他的弹珠是赚大钱的执念，这让他无法识破最简单的骗局。

张直青的弹珠是弄丢弟弟的愧疚，这让他忽视了张直明身上无数处明显的矛盾。

我也有自己的弹珠，但当我追着弹珠起跑的一瞬间，郑哥用死亡拉住了我。

他死之后我不再胡混，花一年时间复读，考上了大学，虽然是末流，但至少人生换了轨道，接下来就是按部就班，结婚生子。

妻子不知道我年少时的轶事，她见那颗弹珠眼看就要滚落床底，我却不追还把她拦住，很是纳闷。

我也自觉失态，讪笑一下缓解尴尬。

“我告诉你，我小时候是这条巷子的弹珠之王，你看我用另一颗把那颗打出来。”

说着我又捡起一颗，抬手瞄准，嗖的一声射向床底，只听床底发出玻璃弹珠相撞的清脆响声，但一颗都没有滚出来。

编号 00-06

006

无罪之证

LIST OF RELICS

00-06

序号	遗物名称	收容时间	生前
01		1990-5-13	
02		1992-4-18	
03		1994-6-1	
04		1994-8-2	
		1997-6-15	

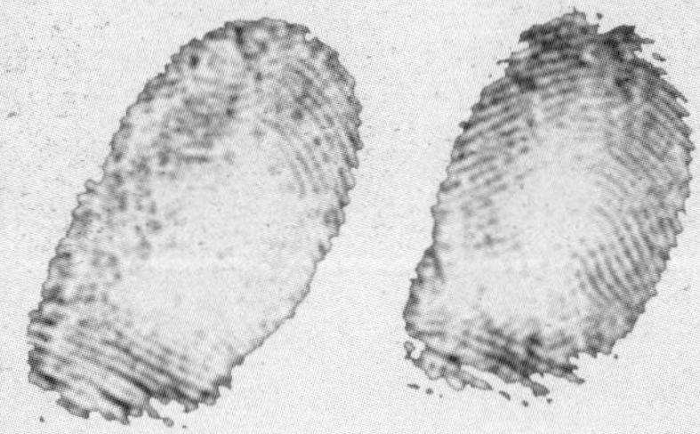

文→夏眠

遗物清单

无罪之证

编号 006

LIST OF RELICS

1.

—— 凶器上有你的指纹。

—— 案发现场只有你一人。

—— 你父亲身上也有人命官司。

—— 你认罪认罚，可以从轻。

—— 你还小，有的是机会。

少年的头低下去，他什么都不记得。

真的是我吗？真的是我杀的吗？

晃动的灯光，让少年的脑海里有了一点点的印象。

“和你爹一样。”

黑色的人影，冰冷的声音，那是来自地狱的判官，不可原谅的罪责，不可逃脱的天罚。

真的是我。

2.

安瑶整理卷宗，尽是能走简易或速裁程序的小案件，还有一些少年法庭的案子，交给新人检察官再合适不过。

手机里除了妈妈发来的信息，就是高毅叔叔的生日红包转账，自从爸爸过世后，高叔叔就特别照顾这个发小的女儿，视若己出。

最后一条是大学室友尹夏发来的消息：安瑶，有空吗？我同事手头有个案子有点问题。

安瑶点开资料，案件当事人 17 岁零 11 个月，涉及命案。

“嘶——”怪不得有点棘手。

当安瑶调出记录时，眼睛都快弹出来。

嫌疑人：陆瑾。

年龄：17 岁。

陆瑾和死者高放，打完游戏后去大排档吃夜宵，喝了一箱啤酒赊账，和人起了冲突。之后两人离开，到了出租房后，陆瑾在争执中失去了理智，用水果刀捅进了高放的心脏，造成高放失血过多而死。

诡异的是：陆瑾喝酒喝到断片，完全记不清那天晚上到底发生了什么，甚至不记得自己杀过人。

17 岁零 11 个月……

安瑶并不惊讶，有些人仿佛是天生的恶魔，能以最天真的表情做最残忍的事。

刑警韩盛是尹夏的朋友，接待了安瑶后，他挠挠头，这件案子不是早移交过去了吗？证据确凿：水果刀上有陆瑾的指纹，邻居听到了屋内争吵和扭打的声音，家里一塌糊涂，但没有丢失物品，小区的监视器在案发时段也没拍摄到有人进出。

法庭也是重证据轻口供，嫌疑人哪怕什么都不记得，也不妨碍形成完整的证据链。

嫌疑人陆瑾的认罪态度很好，因为是未成年人，又是初犯，想必法官一定会轻判。

只不过，已经认罪的陆瑾突然发疯，说自己模模糊糊地看到有一个男人的影子，自己没杀人，也不可能杀人。

安瑶无语，死到临头都声称自己无罪的人多的是，只不过已经认罪忽然改口的恐怕不多，韩盛补充说："他奶奶病危了，奶奶是他唯一的亲人。"

啊？去看一眼病危的家人，特批就好了呀！为什么要声称自己无罪呢？

安瑶不愿意多想，这又不是自己的案子，就按照流程走吧，她收拾东西正打算离开，只见韩盛表情复杂，几度犹豫："安瑶，你知道他是什么人吗？"

安瑶努努嘴，这不就是一个犯人吗？

韩盛抿了抿嘴，想了半天不知如何开口，只好抓起桌子上的资料翻到了下一页，那是陆瑾的家庭情况说明。

母亲：王杏，2007年因病去世。父亲：陆磊，轻度智障，**同年因涉嫌杀害警察安民被警方追捕，**后因抗拒抓捕，挟持儿子陆瑾被警方击毙。

安民，是安瑶的生父。

安瑶脑子轰一声，眼前尽是淋漓的鲜血，震耳欲聋的嘈杂声刺得她耳朵生疼。

“安民同志的追悼会现在开始。”

“瑶瑶，爸爸去很远的地方了。”

“瑶瑶，你爸爸是个英雄。”

瑶瑶……

瑶瑶……

晕过去前，她紧紧着胸前闪着金属光泽的挂件，那是从安民尸体上拿下来的遗物。

3.

安瑶没回检察院，在路边的马路牙子上坐了一下午，看着车来车往。安民走的时候，她才 12 岁。爸爸工作很忙，但每次回来，都会花很多的时间陪她，满足她一切愿望，夜晚靠在她的床边，抚摸着她的头哄她入睡。

爸爸只是出了个任务，就变成一方小小的骨灰盒……安瑶记不清爸爸去世时到底是怎么样了，只记得自己跟在妈妈的身后，有很多很多人看自己，有很多很多人在说话。然后她和妈妈搬到了另一个城市，从小到大她接受过无数人的照顾，唯独再也没有人会在入睡前，用温热的手心贴着她的脸了。

“喂！”

一个足球砸在安瑶胳膊上，火辣辣地疼。安瑶转过身，一个小男孩指了指足球：“喂，你给我踢回来。”

见安瑶没动静，男孩身后的女人怒气冲冲地走上前，一把拍过安瑶手里的足球：“别是个傻子吧！”

安瑶掸掸身上的土，她忽然想起刑法学的第一堂课，授课老师的第一个问题："父母犯罪，剥夺孩子的正常权利是不对的。那如果孩子不承担任何责任和惩罚，你们认为是对的吗？"

晚上安瑶睡不踏实。有一团火燃烧她的灵魂，让她体会凌迟的痛苦。

凭什么？凭什么我爸爸因为他爸爸死了，凭什么这个小浑蛋杀了人，年纪小就能逃脱？

刑法是这么规定的，没有人徇私舞弊，没有人贪赃枉法，安瑶你是检察官，你要维护法律的尊严。

什么尊严！嫌疑人的尊严是尊严，那受害者的尊严呢？！

两种想法撕扯安瑶，接连三天的失眠让她看上去分外憔悴。

检察长主动提出让安瑶休假。安瑶走了流程，订了去昆明的机票，到了昆明后再转火车，转大巴，回到了山村老家。原本的家乡早已改了模样，过去的回忆卷土重来。

安瑶的爷爷是参加过自卫反击战的老兵。从小，爸爸安民就和村里的男孩子们玩警察抓小偷的游戏，他和高毅配合无间，玩得最好。

都说安民肯定有出息，果不其然，安民当了警察，吃上了公家饭，是公家人了。高毅没能成为一名警察，这件事让他遗憾很久，直到安民因公殉职才彻底不再提及这个曾经的理想。

安瑶往隔壁陆家村走，这既是嫌疑人陆瑾所住的村子，又是死者高放所住的村子。

村民一听说安瑶的来意，要么皱着眉头，要么捂着鼻子，要么不屑地说一句"寡妇带大的败家子，和我们村没关系，快滚"。

安瑶很费劲才找到了村支书，反复确认她不是什么记者、自媒体后，村支书才引着安瑶去了陆瑾家。

“喏，就是山坡上那个屋，我就不过去了。”

这几年的扶贫工作到位，路面硬化做到了每家每户，原先的破房危房也都改造一新，只是散发着濒死气息的陆瑾家，还是让安瑶发怵。

四周邻居看穿她的心思，纷纷斜着眼交头接耳。

安瑶敲了敲门，无人应答，她推门而入，刚坐下角落里探出一张枯黄的脸，沙哑着问：“谁？”

安瑶吓得惨叫，说明来意。

对方是陆瑾的奶奶，陆磊的生母。老人抓起止痛药往嘴里塞，还没等安瑶说完，就拿着铁饭碗啪啪啪地敲桌子：“我儿子不可能杀人！我孙子也不可能杀人！他们都是被冤枉的！他们是老实人！”

安瑶连忙哄着老人，老人自顾自从床褥的内层拿出了一个盒子，里面满是家里人的照片，她像祥林嫂似的一遍又一遍说：

“我家阿磊可实诚了，绝对不会骗人的。

“他人老实，受了欺负也不往家里说，什么事都一个人扛。

“我找了老师求了好久，才让他上了学。

“阿磊一开始不愿意上学，后来愿意了，还说以后要当警察。

“阿磊在学校里有了朋友，有了个阿兄，人也开朗起来。

“阿磊还跟着阿兄学会了打土枪，逢年过节，会给村里打点野味。”

老人脸上满是泪痕：“我的阿磊怎么可能是杀人犯呢！他是被冤枉的！一定是被冤枉的！老天不开眼！”

安瑶把话题引到了陆瑾身上，老人垂下眼，眼神和语气温柔：“阿瑾和他爸爸一样懂事，受了欺负也不和外人说，瑾这个字，就是他阿兄给取的。要是阿兄还在……”

老人陷入了深深的回忆，任由安瑶怎么努力都拉不回来，非要拉着安瑶一起回忆过去，看她孙子的出生照、满月照、上学照、少先队员照……

这村子相对落后，2005 年全国数码相机满地走，这里照相用的却还是相纸，不过好歹是彩色的。在相片的右下角有着拍摄日期 2005 年 12 月 19 日，相片里是坐在摇篮里的陆瑾，双眼闪亮，满脸笑容。

安瑶不忍打断老人的回忆，留她一个人在那儿抚摸照片，反手关上门，她忽然觉得哪里不对，可怎么都抓不住。

刚出门，一颗石子命中了安瑶的脑袋。两个孩子朝她做鬼脸：“杀人犯的朋友！她从杀人犯的家里出来！”

路的尽头，一户人家“砰”的一声关上大门。

事情陷入了僵局，人生地不熟，根本找不到线索。

安瑶求助高毅。高毅一听说小姑娘跑到那种地方，立刻打了电话劝她回来。

“你去那穷乡僻壤做什么？多危险！快回来，我给你买机票。”开会到一半的高毅离开了会议室，准备让秘书订票。

“高叔叔，你让我去吧！”安瑶捏紧了电话。

电话那头的高毅沉吟半天，叹了口气：“阿瑶，你爸就你一个孩子。过去的事，你为什么要翻呢？你爸当初就是不想你们娘儿俩出事……”

“高叔叔，我决定好了。”

高毅挂了电话，在走廊里来回踱步，之后打了一个电话给旧友，让他照顾下远在老家的外甥女。

很快，一个晒得黝黑的老民警骑着自行车来接安瑶，他掰着安瑶的肩膀，左看右看，眼中似有泪光：“像，真像，真像你爸爸！”

老民警也是陆家村人，安瑶叫他陆叔。

老陆推着自行车来到了村里派出所，给安瑶拿出了一堆手写的出警记录，报警人都是：陆瑾。

老陆撇了下嘴，陆瑾变成这个样子不奇怪。

作为一个杀人犯的儿子，陆瑾在村里是最底层。小孩子天性善良？老陆反而觉得，小孩子最是残忍，几乎是本能一样地欺软怕硬，恃强凌弱。人不走歪路，怎么可能？

一页一页记录令人毛骨悚然：什么冬天被推下河、夏天被推泥潭、桌子里被放鞭炮，还有右手手肘被打骨折，硬是拖了一星期才看医生……实在是让人看不下去。

安瑶鼓起勇气再往后翻了几页，忽然眯起眼睛。

这一页上记录的还是陆瑾被欺负，他的学费被偷了，报案人是：高放？

老陆吸了口烟，思绪拉回了十几年前。

陆磊出事后，奶奶带着陆瑾生活，他们家成了村子里最不受欢迎的人，连新年拜年都绕路，嫌晦气。

陆瑾在学校里受尽欺负，升入初一后，遇到了唯一的朋友：高放。

高放的境况也比陆瑾好不了多少，妈妈不着家，爸爸不着调。高放他爹高富从小就是个二流子，最喜欢偷鸡摸狗，十里八乡都知道。正事不做一件，整天琢磨着发财的旁门左道。

“歪路！”老陆不屑地咳了一声，“能走歪路的都是聪明人，一个蠢货走歪路就是提前找死！”

高富就成了这样的早死鬼，在高放 13 岁那年，他突然得了什么宝贝似的手舞足蹈，天天说自己要发财了，每天大鱼大肉，喝得烂醉如泥。大家都说他是在祭祖的时候被不干净的东西附了身。某个雨天的夜晚，喝得醉醺醺的高富连人带车直接滑下了山坡，栽入了水库，留下孤儿寡母。

当地有个说法，人缺德老天就会收。高富的德行实在不堪，才会被祖宗收了当了落水鬼。高富的妈妈一看一穷二白的家再也榨不出什么油水，收拾了家里所有值钱细软跟人跑了，留下高放靠着二叔家的一口饭混到了初中毕业。

“安瑶啊……”老陆看向前方，“我知道你心里有恨，我也不劝你，劝人大度要遭雷劈，我在这十里八乡的基层干了几十年，留守儿童没学坏的，寥寥无几，能像你这样有出息的，一个都没有。你说，这到底是孩子的错呢，还是大人的错？”

安瑶默不作声，老陆是高毅叔叔派来的说客，可他说的的确也有道理。

安瑶起身准备去村里的学校走走，老陆立刻跟了上去，如果没他跟着，安瑶估计能被口水淹死。

4.

学校翻修一新，塑胶跑道、多媒体教室一个不少。

中午时分，还飘来了饭菜的香味。老陆和保安打了个招呼，带着安瑶进了学校。

给人量刑中，有一条依据就是过往的表现，陆瑾离开初中才两年，读书时期的表现直接能影响他最后的量刑。老陆帮忙去找当初带陆瑾的老师，安瑶则在走廊上看着一张又一张的毕业照，1999 年、2000 年、2001 年……

忽然，她趴在 2016 年的毕业照前盯着陆瑾的脸，瞬间她拔腿就跑，一边跑一边打电话给同事。

“小陈，你赶紧查一下陆瑾的出生日期，不是身份证上的日期！他的出生日期和身份证日期对不上！”

安瑶冲向陆瑾的老家，照片有问题！ 2005 年 12 月 19 日，陆瑾在县里的照相馆拍了满月照！陆瑾是 2005 年出生的，也就是说他杀了高放的那年，满 18 岁了！

安瑶一把推开陆瑾的家门，瞬间变了脸色：老太太趴在地上，不省人事。

安瑶冲了过去，跪在地上给老人做心肺复苏，一边按压，一边大声喊：“来人，打 120！救命！”

老陆和安瑶手忙脚乱地把老人送到了医院。安瑶脱力地顺着墙壁往下滑，屁股刚碰到地面，小陈就打来了电话：“阿瑶，你是对的！陆瑾的出生证日期和身份证日期差了一年！事发时，他成年了！”

安瑶坐在地上，抬头看着抢救室亮起的灯光，明明大仇得报，明明天理昭彰，自己却怎么都开心不起来。

她狠狠握住了拇指长的挂坠。

老陆半天说不出话。他把烟在手里握了又握，捏了又捏，最后才说了句：“和老太婆无关，村里不如现在，报早一年报晚一年都正常。”

安瑶愣住了，她并没有怀疑谁徇私枉法的意思。村里头孩子没人管，给报早一年两年上学是常事；也有孩子发育晚，担心被欺负，报晚一年两年再上学；甚至来个算命的说晚一年上学时辰好，家里人都会报晚。

“陆叔，我不是……”安瑶想为自己辩解。

“我知道，如果照 18 岁判，陆瑾要被判几年？”老陆头也不抬地问。

安瑶左思右想，说：“如果能认罪认罚，又是初犯，大概 15 到 20 年，表现好还能减刑到十年以下。”

老陆双手捧住脸，闷闷地说：“老太太，最多就这个月了。你回去吧，老太太不会愿意看到你，这给你。”

老陆从兜里摸出了一张数学方格纸，上面写着曾经教过高放和陆瑾的班主任的名字、地址和电话。

5.

安瑶返回了昆明，第二天一早买了点补品，前去拜访这位退休的老师。

提起陆瑾和高放，方老师连连叹气：“原本，都是好孩子。”

她讲起了初中的陆瑾和高放是整个学校里的孤岛，被遗弃的两个孩子建立起了莫名的友谊，从最开始的默默注视到后来的携手共进。

陆瑾读书成绩极好，看得出天资聪颖，原本有一次机会可以去市里参加数学比赛，却因为失手从单杠上摔下来，摔断了右手，被迫放弃，后来愣是拖了一个星期才上的夹板。现在回想起来，是不是失手都还两说。陆瑾什么都不肯说，倒是高放张牙舞爪地说坑了陆瑾的人不得好死。

“后来呢？”

“后来就毕业了，毕业后他俩一起走了，不知道怎么样了。”方老师低下头，她一个老师能做的太有限了，她只能在肉眼看得到的地方保护陆瑾和高放不受欺负，“到了冬天，寒气一重，陆瑾的右手就疼，疼得抬不起来，也不知道是不是落下了病根。”

安瑶低下头，记录着老师的话，如果这是真的，陆瑾可以被轻判吗？

“那高放呢？”

“高放学习虽然不怎么样，倒是特别讲义气。他爸爸的事，你知道吧，喝醉酒掉进水库，还是在七月半的时候。村里人就特别忌讳，他妈妈也是个没良心的，卷了家里值钱的东西就跑。高放家里能有什么钱哪，也就是高富活着的时候嚷嚷，说自己发了死人财，又找到了金山。结果呢，金山呢？”

写着写着，安瑶收起笔，她抓住了方老师的手，激动地问：“老师，你还记得陆瑾当初是在哪个医院看病的吗？”

安瑶感觉被狠狠扇了一个耳光。

陆瑾的右手受过伤，案发时间是在 11 月，天气寒冷，陆瑾用右手要怎么一刀捅死高放？如果是两只手握着匕首，那么匕首上应该有两只手的指纹，而不是只有右手的指纹。

安瑶连忙把病例记录一并传给了小陈，声嘶力竭地让他注意。小陈的耳朵都快炸了，立刻做了医疗鉴定。可是，医疗鉴定的结果让安瑶大吃一惊：陆瑾的右手功能完好，骨折早已愈合。这也意味着，即便陆瑾的右手受过伤，都不能排除他杀人的嫌疑。

安瑶说不出话，负责此案的检察官小陈提醒她："安瑶，你和陆瑾是有利害关系的，程序上，你必须申请回避。"

安瑶哑口无言。明明自己就是为了证明他有罪来的，明明自己是这么想的，可是为什么……

她抱着膝盖，直到小陈补充说道："安瑶，你和陆瑾有利害关系，但你和被害人高放没有啊……"

安瑶直奔高放家。

高放家只剩下在地里忙活的二叔。二叔高贵自顾自忙着农活，不肯搭话。

安瑶磨破了嘴皮，二叔都不为所动。

她最后拿起二叔的镰刀往田埂上一摔："你难道想看到高放死得不明不白吗？你也是他半个爸爸！"

二叔的嘴唇颤抖了下，似乎是在嘲讽她又似乎在自嘲，他指着安瑶说："上次也有人这么对我说，说要申冤，然后写了一篇什么东西。写高放家里是怎么样的，我哥哥高富怎么样的，到最后，我家全是坏种，你知道他婶儿去城里卖个货，都要被人指指点点说天有报应吗！"

安瑶愣住了，她忽然理解村支书此前再三确认自己身份，生怕是什么记者、自媒体，原来……怕自己是吃人血馒头换流量的。

安瑶和二叔对视许久，二叔掉头就走，安瑶叫住他，从口袋里拿出检徽："二叔，我真的是检察官。"

二叔怔住了，颤抖着把徽章捧在手心，好像捧了什么了不得的宝贝。二叔不识字，但他认得五星，认得国徽。

他看看检徽，又看看安瑶的脸，再看看检徽，最后把徽章双手捧还给了安瑶："跟我走。"

二叔高贵给安瑶专门煮了茶，说起高放的事来。没考上高中后，高放就跑去城里和陆瑾挣营生了，做苦力、送外卖、打短工，什么都做过。

在安瑶再三提示下，高贵想起，两三个月前，高放说自己找到了赚钱的门路，事成之后，让二叔不用再种地，到大城市和他们一起住，一起享福。

二叔当然不信，而且高放的嘴脸和那个不务正业的哥哥一模一样，整天想着金山银山，于是出言狠狠教训了一把高放，让他老实做人，千万别惹出什么幺蛾子。

没想到，高放嘿嘿一笑，得意道："二叔，你别说，这座金山，还真是我爹留给我的。"

安瑶听迷糊了，高富哪儿来的金山？他老婆卷走家里所有的值钱货，加起来也不过两三千……高家世代务农，才脱贫不久，还没奔小康，哪里去找金山？

"哎，小姑娘。我早就有感觉了，当初我哥和我说金山银山，没一个月人就没了。如今我大侄子这么说，我就知道没什么好事。这泼天的富贵即便是有，能轮到我们身上吗？就算轮着，有本事接着吗？没本事，还不是被砸死？"

这二叔倒还真是老实人，她提出到高放的房间看一看，二叔起身给她开了门，高放的房间就是他爹的房间，二叔没占。房间里一床一桌一柜简单得很，连电视都没，所有家什都在一眼看得到的地方。

桌上有一只杯子，一个铁盖子当烟灰缸，还有一个铁盒子。打开铁盒子，里面全是零碎的物件：针、线、剪刀、一堆扣子。安瑶打开柜子，几件衣服挂着，底下有一本影集，里面都是些合影。

安瑶翻了几页，竟然看到了自己的爸爸，爸爸穿着警服，微笑着站在中间。爸爸的左边是穿着西服的高毅叔叔，右边是陆瑾的爸爸陆磊。

二叔一看，说："这个穿警服的，是隔壁安家村的安民，人特别好，在读书时就特别照顾脑子不太好的陆磊。毕业之后又是给陆磊安排活计，又是帮忙他张罗结婚，陆磊对他很亲热，叫他阿兄，我们也就跟着叫阿兄。"

二叔摸了摸照片，眼神和语气里溢满了温柔："陆磊虽然脑子不好，但人踏实对人好，他和我家的一个表妹高芳，也是孤女，定了亲。村里定亲要看送亲人的面子，陆磊家里没长辈就一个寡母。他阿兄安民穿着制服来送亲了，吃上城里公家饭的人亲自来送聘礼，多体面！还有高毅，那也是大老板，穿着西装……"

6.

安瑶不知所措，她感觉命运开了个玩笑。受害人、嫌疑人和自己被千丝万缕地连在一起。

安瑶问："村里姓高的，都是亲戚吗？"

"村里一问都是三代以内的亲戚，平时不熟，等到祭祖的时候才发现这么多。"

老陆的电话突然杀到："陆老太快不行了。"

陆老太的癌细胞扩散到全身，引发了器官衰竭，这段时间，老太太都靠着止痛药镇痛。安瑶来的那一天，她睁开眼盯着安瑶，努力扒拉自己的氧气管，朝安瑶伸出僵尸般的手指：

"是清白的，都是清白的。

"我的孩子不会杀自己的兄弟的。

"你不能害了我的孙子！不能！"

安瑶被老人的眼神压得抬不起头，她即刻买了返程机票，满脑子全是老人的脸。

飞机上，她重新整理手边的资料，终于发现了问题所在——动机！杀人需要动机！陆瑾如果杀了亲如手足的高放，那么动机是什么？酒后失控使用暴力，怎么会朝着人的心窝子去？能朝人心脏捅的，一定早有杀意。

安瑶直奔警局，她没有多少时间了。

韩盛虽然为难，还是把现场的资料递给了安瑶：凶案现场的东西被翻得乱七八糟，陆瑾倒在一边，水果刀就丢在地上，上面有陆瑾的指纹。高放倒在另一边，进出的门把手上都只有他俩的指纹。

至于动机，陆瑾根本不记得杀人，更不记得动机。倒是夜宵摊的老板说，听到高放说有了金山，陆瑾就有钱回去给奶奶治病，也能回去上学了。

金山……又是金山……

韩盛哭笑不得，忍不住吐槽："按你说的，他老子在老家惦记金山，儿子在这里也惦记金山，怎么这个金山还能自己走，还能跨好几个省移动啊？"

这句话宛如惊雷劈中了安瑶。她神经质地一把抓住韩盛：“你刚才说什么？金山会走？！”

韩盛结结巴巴应了声。

安瑶哑着嗓子说：“我，我要见陆瑾，我要去见陆瑾！陆瑾可能是被冤枉的！韩盛！”

半小时后，韩盛一脚油门，挂上警灯，带着安瑶驱车赶往看守所，刚才安瑶说的话，让他眼前的迷雾破开了一个口子。

他一直以为金山指的是什么遗产，比如爹妈的遗物，或者是藏起来的山珍啥的，但有没有可能如安瑶所说：“金山是一个人呢？”

简而言之，高富和高放父子都在敲诈勒索一个有钱人。高富敲诈，结果死了；高放发现了父亲留下的东西，也去敲诈，也死了。

还有安瑶的第二个怀疑：“高富说自己发了死人财，然后是金山，这个死人财……韩盛，你能不能查下，当年我父亲是怎么死的。”

韩盛的职业直觉告诉他，这件事绝不简单，需上报申请跨省协助。

7.

看守所里，陆瑾冷漠地盯着安瑶，轻描淡写：“你就是那个要送我去死的检察官？”

安瑶不为所动：“我是来帮你的。”

陆瑾扯起嘴角：“帮我去死？反正你们都不信我。”

安瑶抓住了胸前的挂坠，说："我信，所以我来找线索。"

陆瑾似乎放弃抵抗，把手一摊："我放弃了，反正这个世界上好人都死了，剩下的全是没有良心、黑白不分的……对，人就是我杀的，你们不就是想听这个吗？想我去死吗！"

安瑶吸了口气："你奶奶……"

陆瑾仿佛被激怒的狮子，想要猛冲上来，但又被手铐拉回到座位上："你还有脸提我奶奶！你算个什么东西！你有什么资格？你知道我是怎么过的吗？人血馒头好吃吗？"

安瑶顿时红了眼圈，她一把扯过陆瑾的领子，对着他红着的双眼大吼："凭我姓安！凭我爸爸是安民！对，你还记得吗？就是你爸爸杀掉的那个安民！"

陆瑾僵在那里，不可置信地看着安瑶，爸爸说过大伯伯有个女儿，单名瑶，和自己的瑾一样，都是玉，大伯伯说是可以成器的玉。

可是现在一块玉身陷囹圄，一块玉成了要置他于死地的判官。

陆瑾泄了所有的力气，瘫在椅子上，嗫嚅了半天："如果是你想我死，我不怪你。"

安瑶擦了擦眼泪："我不是来报仇的，高放的死有蹊跷，你有多少能回忆起来的，告诉我，我替你申冤。"

陆瑾沉默了很久，声音平复下来，开始讲他和高放的事。刚来城里时，工作不好找，好歹他们年轻有力气，饿不死，只是糊口之外也难攒下钱。奶奶病重很久，高放替他回家了几次，突然有天对他说，有赚钱的方法，没几天，还真的带回了一些钱。他提醒过高放别走歪路，高放只让他放心，说奶奶的几十万医药费还有他们的学费，都有着落了，让他别多问。

事发当晚，高放买了一箱啤酒，说为了庆祝以后不再过苦日子。陆瑾也喝了许多，还问高放到底钱是哪儿来的，高放答是他爹留给他的遗物。

后来两人搀扶着回了出租屋，陆瑾就记得自己喝断片直接倒在地上，灯泡在晃动，有个男人对自己说："和你爹一样。"

醒来，就发现高放已经死了……和你爹一样……

安瑶哆嗦了下：这句话，并不是对陆瑾说的，而是对高放说的。

现在只要查清，高富高放父子敲诈的对象是谁就行。

安瑶起身告别，陆瑾突然叫住了她："安瑶。我爸爸杀了你爸爸，你为什么还要帮我呢？"

安瑶止住脚步，回过头笑了，笑得很像陆瑾记忆中的安民。

"因为我是检察官。你以后要叫我安检察官。"

8.

看着缓缓升起的棺木，韩盛突然庆幸：这样的山村在最近四年才开始全面推行火葬制度。

听说有警察要开棺验尸，附近的村民议论纷纷，但韩盛身上那一身制服，又让他们多了几分敬畏。

高贵双手合十，似乎在祈祷，又似乎在超度。

尸骨很快送往了法医处，韩盛马不停蹄地赶往高家调查取证，安瑶刚给了他最新的关于"金山"的线索。高富留给儿子高放的，必然是指向"金山"是谁的线索，这东西必然寻常可见，不然，他老婆早就卷走了。

韩盛一点点摸过挂着的衣服，没有暗扣，领口没有缝纫的痕迹。他蹲下身，翻了翻影集，把它装在证物袋中，又回头看了一眼被拆得七零八落的床，床上只有日常造成的划痕。桌上的烟灰缸是糖果盒的盖子，铁盒里有针、线、扣子、剪子……

韩盛收起铁盒，谢过高贵，正打算出门，又触电一样地转身，疯了一样扑向桌面。

外面忽然大雨倾盆，安瑶刚结束对大排档老板的问询，接到一个电话，又赶回看守所，紧接着直奔机场。

这是安瑶记忆中最大的雨，原本父亲离世时模糊的记忆变得分外清晰。

她拦了辆车往医院赶，没想到车半路爆胎，安瑶脱掉外套，裹住办公包，朝着医院飞奔而去。

"安瑶，我老陆，老太不行了，就今晚。"

安瑶重重地摔在地上，她不顾破损的膝盖和跑丢的鞋爬了起来。

雨水打在她全身，她发不出声音。

她想起来了，爸爸就这样躺在那里，一动不动。她放开了妈妈的手，掀开被单的一角，是爸爸苍白僵硬的手。安瑶努力握住爸爸的手，趴在床边，把爸爸的手放在自己的头顶，就好像每晚入睡前一样。

安瑶听到背后的哭泣声，还有大人的说话声。

"安民是被人当胸一枪击中，失血过多而死，是猎枪，我们已经在全力搜捕了。"

"安民正在追查一件大案，最近一次汇报说案件消息不知在哪个环节走漏了风声，他的死可能和此事有关。”

“阿珍，你们要离开这里，我们安排了其他省接收你们，你们别再回来了。孩子要紧。”

安瑶膝盖处涌出的血被大雨冲散，在腿上扩散成触目惊心的血痕。她感到彻骨的冷，她紧紧抓住挂坠，一步一步，跌跌撞撞地冲进了医院。

陆老太已是进气少，出气多，她费力地看了一眼安瑶。安瑶从包里拿出手机，颤抖着点开视频，是陆瑾的影像。

“奶奶，她是安大伯的女儿，就是爸爸的阿兄。

“奶奶，她相信我是无辜的。

“奶奶，我没丢爸爸的脸，也没丢你的脸。”

老太用力转过眼珠，死死盯着安瑶，她在哭，可她的眼睛又在笑。她手指微微动了下，安瑶摊开手掌，老太在她掌心划来划去。

最终她没有写完，就看着安瑶咽了气。安瑶愣在那里，看着她枯枝般的手指，将它紧紧地握在手心。

“安瑶，你的伤口……”赶来的老陆一边处理她的膝盖伤口，一边问，“老太说了什么……”

窗外是瓢泼大雨，安瑶一动不动地看着窗外，说：“没写完的石，陆叔……当年，你们确认，我爸爸真的是陆磊杀的吗？”

老陆浑身一震。

似乎感召般，韩盛打来了电话：“安瑶，我是韩盛，我查到了……一颗扣子，就在高放家里的针线盒里，这枚扣子是被人扯下来的，是十几年前少见的西服扣子。还有张合影的背后，在高毅的位置画了一个圆圈。

“安瑶……当年杀你爸爸的，另有其人……你在听吗？”

雨夜里，传来安瑶撕心裂肺的哭声。

9.

把所有事情安排好，再把办公室打扫一遍，自己就放心了。

高毅这么多年的生活习惯便是如此，他看了下手机里和安瑶的对话框，对方迟迟未回复，还有当地老家的朋友给他发来的信息，他便知道，是时候该走了。

安瑶这丫头，和她爹一模一样，一样认死理，一样相信公义，一样刚正不阿。

高毅嗤笑了下，如果当初安民愿意网开一面，不把自己灌醉他后偷看文件的事透露出去，自己也不用被那群人逼着下此毒手。

大雨中，安民就这样倒下去了，英雄死了，也和普通人一样，血慢慢地流干，变成苍白的尸体。高毅看了尸体良久，消失在雨中。

大雨冲散了所有的证据，还送了高毅一份名为替死鬼的礼物：陆磊上山打猎，归途中发现了安民，他奋力地背起安民，徒劳地拖着安民的尸体想要救他。

高毅告诉轻度智障的陆磊，安民是被一个坏人杀死的，坏人藏得很深，如果不保密，安民的妻子和女儿都会被杀。

陆磊言听计从，他埋葬了安民，选择沉默，还经常去安家附近转悠，保护他的嫂子和侄女。高毅有了机会替换了他的猎枪，往他家里丢进了沾血的布帕，藏起了成捆的钱财。

最后，在警察上门时，陆磊依旧相信高毅，他抱着儿子，准备往安民家报信，然而被当作了挟持人质的犯罪嫌疑人。

安民的后事处理得很好，高毅也发誓会好好补偿安家。然而，在祭祖仪式上高富找上门，开口就要十万。这个游手好闲的男人，竟然从死人身上找东西，他找到了证据，顺着证据还找到了自己。

高毅知道，没有退路，他给了高富几次钱，最后一次像之前一样，把他灌醉药倒……

高毅很有经商的头脑，稳稳过了十几年的舒坦日子，直到高富的儿子又出现了。

他怎么知道？他为什么也有证据？高富家自己不早就搜过了吗？什么都没有！

斩草要除根。只要杀了他，自己就能高枕无忧了，没人会发现，没有人。

高毅穿着雨衣，一刀扎进了高放的心脏，高放挣扎了几下，便不动了，他居高临下地看着高放的脸："和你爹一样。"

他丢掉了匕首，看到了一边的陆瑾，都是些社会渣滓，死了就死了。高毅掰开陆瑾的手，让他握住了那把刀……

"高叔叔，你要出远门吗？"安瑶独自站在门口，穿着检察官的制服。

"阿瑶。"

"高叔叔……"安瑶上前一步，眼中泛起泪花瞪着他，"我爸爸……是你杀的吗？"

高毅一怔，脸上露出了释然的笑容："阿瑶，我养了你快十五年，对你比对亲生孩子都好。你想要什么，叔叔哪次没满足你。这次你就放过我吧？当没看见，行吗？”

安瑶落下泪来，她在颤抖，却丝毫没有让开的意思。

“安瑶，你一定要像你爸爸那样，不肯放过我吗？你要毁掉我的一生吗？”高毅一拍桌子大声吼，“我养了你十五年！”

安瑶死死握着拳头：“那为什么不放过陆磊呢？他到死都相信你！陆奶奶到死都没看到自己儿子沉冤昭雪那天！她死不瞑目！那他们的一生呢？！”

“高叔叔，你自首吧……”安瑶捂住脸，泪如雨下，“你跑不掉的。”

两个人站在两端，这一幕如此熟悉，高毅笑了。安瑶不会退，就好像当年安民一样，连劝说自己自首的样子都一样。既然如此……

安瑶听到了清脆的发条声。

“快冲！”韩盛一脚踹开了大门，看着安瑶的胸口溅起了血花，好像一座玉山般倒了下去，摔在地上。

韩盛眼前全是十分钟前的安瑶，淡定得像是去赴约，而不是去送死。

“韩盛，你让我试试，我劝高叔叔自首。

“危险？没关系。他对我有养育之恩，我给他抵命。

“韩盛，我死了没关系。

“一定不要放过他。”

10.

安瑶做了一个很长的梦，梦里，她和爸爸肩并肩坐在家乡的草地上，爸爸告诉她：没有不能照亮的黑暗，没有到不了的黎明。如果太黑，那自己便成为火炬。

梦外，是忙碌的医生，还有放在托盘上的一片片子弹碎片。外科医生取出最后一块弹片，长吁一口气，看着变形的金属挂坠感叹。

“好险，幸好有这个吊坠挡着，不然就完了。”

“医生，这个吊坠里面好像有东西。”

“哎？是什么掉出来了？”

一寸黑布缓缓落在地上，护士捡了起来，在无影灯下，分外清晰。黑底白字：013626。是警号……

等安瑶的情况好转，医院允许探视，已经是一个月后的事了，慰问的人多到需要预约才能来。

妈妈告诉安瑶，陆瑾来看过昏迷的她，临走时说：“你的愿望，我会实现的。”

安瑶有点摸不着头脑，不过听说陆瑾回到了学校，老陆还把结果烧给了老太太，陆磊的冤屈被洗清，高富的尸骨经过法医鉴定后重新安葬。那颗纽扣是在打斗中被安民从高毅衣服上扯下来，后来又被高富在尸体手心中发现。现在这颗纽扣已被当作证据送入鉴定科，而高毅因为涉嫌故意杀人、走私被刑拘……

她摊开手心，是护士洗干净的父亲的警号。

外面日光灿烂，爸爸说得对，没有不能照亮的黑暗，没有到不了的黎明。

安瑶工作的第五年，她已经是一个称职且老练的检察官了，负责要案大案。

今日，又有新的案子，她一瞥，看到了一个熟悉的名字：陆瑾。

安瑶迅速地翻开，是关于卧底的案子……一条条物证罗列清晰，毫无瑕疵。除此之外，还有陆瑾的一张证件照，警号013626。

相同的警服，相同的位置，有着相同的警号——“你的愿望，我会实现的”。

安瑶拼命捂住嘴巴，哭了出来。

牺牲的警察的警号会被封存，他们的孩子若是从警，会继承他们的警号，一代又一代，直至永久封存。

窗外是燃烧的夕阳。太阳，每时每刻都是夕阳，也都是旭日。当它熄灭着走下山去收尽苍凉残照之际，正是它在另一面燃烧着爬上山巅布散烈烈朝晖之时。

有一天，安瑶也将沉静地走下山去，拄着她的拐杖。那一天，在某一处山洼里，势必会跑上来一个孩子，抱着她的玩具。

当然，那不是她。

但是，那不是她吗？

生命以其不息的希望将一曲歌舞炼为永恒，而希望有怎样一个人间的姓名，大可忽略不计。

编号 00-07

007

A)

NAME

(A)

00-07

LIST OF RELICS

七日

文→酒九

序号	遗物名称	收容时间	年龄
01		1990-5-13	
02		1992-4-18	
03		1994-6-1	
04		1994-8-2	
[illegible]		1997-6-15	

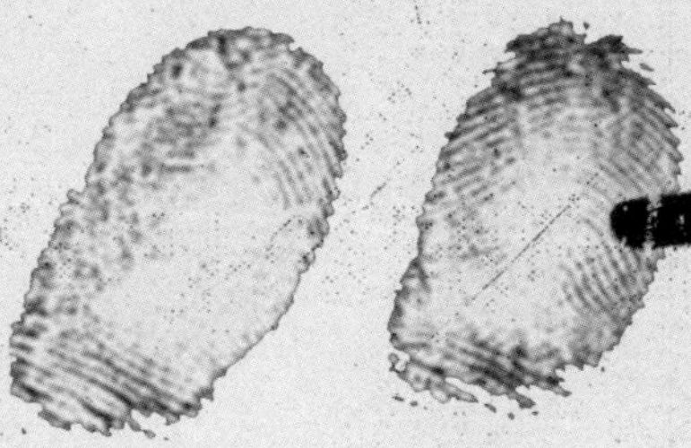

遗物清单

七日

编号 007

LIST OF RELICS

1.

老太婆终于没了。

自从小镇医院下了病危通知，她每天都提着心，生怕王梅再从鬼门关爬回来。现在，眼瞅着还有一个月就要过年了，院子里那口碍眼的棺材总算可以埋进土里，了却她一桩心事。

张苗并不觉得自己是恶毒的儿媳，要不是丈夫李德贵次次拉偏架，要不是多年的磋磨，她也不至于盼着人早早咽气。

更何况，自从查出癌症晚期之后，王梅就更是难伺候。她不甘心把儿子交到张苗手里，要拼着劲立规矩。

张苗恨婆婆，恨丈夫，恨院子里那口要她每天起大早擦洗的棺材，更恨透了家里无处不在的、将死之人的监视。每次当她冷不丁地发现它时，那道视线已经不知道默默存在了多久，让她心里发毛。

好在，一切都结束了，人间的阳光又重新照在了李家小院里。

当晚，张苗和李德贵商量婆婆的后事，她说："医院那边不留人，把妈送去了殡仪馆，你明天去把她接回来。"

"你不在？"

"我想着没那么快，妈是打吊瓶的时候走的。"

"你就把我妈一个人丢医院？"

"我不得回来干活？灶上还烧着火，我不看着？"张苗本可以去接的，但她不想去，"反正，事就是这么个事。"

李德贵不说话了，坐在炕上抽烟，烟灰掉在被子上，他用手擦出一条印子。过了一会儿，他才说："我明天去不了，你把棺材用板车推过去，接妈回来。"

"为啥？"

"我明天有事。"

"不是才跑完单子，又要走？"

"虎哥有个局，我得去。"

"那就后天。"

"把妈留在那里两天？我没脸。"

张苗冷哼一声："就不能不去？有什么可去的，你热脸贴人家冷屁股，贴多少回了？人家要是愿意从指缝里漏点好处早给你了。"

"关系还没处到那份儿上，谁给你好处？要像你眼皮子这么浅，什么事都成不了。"

这话说的，好像李德贵成过什么事似的。要不是早些年被李德贵满嘴大生意的样子骗了，她也不至于嫁过来受窝囊气。

张苗躺下来在心里骂李德贵，骂着骂着也就睡着了。

2.

张苗拖到傍晚才推着棺材去接人。县城的殡仪馆，说白了不过是一个小院，几间破房子，前面停尸，后面烧人。

管事的一看见棺材，表情就不那么好看了，拉着脸说现在不兴土葬，火葬也不贵，一般人家都选这个。

“我知道，可是婆婆就是坚持。”张苗指了指棺材，“提早几个月就打好了，样式换了好几款，又上漆又雕花的，我们也是没办法。”

“行吧，那你去接吧。”管事叫来一小伙子，让他跟着张苗帮忙，走的时候嘴里还抱怨，“也不知道早点来，不知道磨蹭个什么劲。”

张苗没理他，跟着人去了停尸的屋子。

小伙子年轻，话多，解释说现在屋里就三家，一个老汉，两个老太，其他两家都已经认过人，明天一大早就火化。他还以为张苗今天不来，管事的和自己都准备下班了。

房里一股消毒水的味，张苗不想多说话，就点了点头。

“棺材和人还挺沉的嘞，咋是你来呢，家里男人呢？”

提起这个张苗就来气，但还是忍住气说：“他有一笔大单子要签，耽误不得。”

“哦，那你得受累了。”小伙子拉开冷柜，里面露出一张青灰色的老头的脸，“是他不？不对，不是这个，这个我有印象。”

接着，他又拉开旁边的柜子，王梅的脸显露出来。张苗看着她发呆。都说人死为大，可是她看到这张刻薄、充满心机的脸，有关婆婆的那些记忆，全都浮现了出来。

见张苗不说话，小伙子又拉开第三个柜子，里面是熟人——两条街外的杨婆婆，病了很长一段时间，也没能挺过冬至。

“那就是她了。”小伙子说着把柜子彻底拉开，两只手从杨婆婆腋下抄进去，把人往外拉。

张苗这才回过神来，刚想要拦，话到嘴边突然就停住。她想起刚才听到的话，试探着问：“他俩明早就烧？”

“对啊。”

“然后呢，家属会来吗？”

“啊？烧的时候不来，场面不太好看，完事了我们就打电话通知。”

“不怕搞错了？”

小伙子把杨婆婆抱进棺材里，长出了口气，笑了：“咋能搞错，一男一女的，临时装骨灰的盒子都不一样。”

张苗推着板车往家走，天已经完全黑了。走着走着，她浑身都发起抖，不知道是冷，是怕，还是痛快。

她觉得自己做了一件天大的错事。

但是，这件事干了，她和王梅就扯平了。以后几十年，她再想起王梅，都不会憋屈到睡不着觉。

“活着的时候嚣张有什么用呢？”她想，“藏了一辈子的钱用来打棺材，临了还躺不进去，恨我不？”

她想，等明天李德贵从烂醉里醒来，发现人不对，也只能换回来一罐灰。他还能怎么样呢？等事过去，她要拿王梅的棺材当柴火。

好在冬夜的路上没多少行人，张苗可以尽情地走几步就笑两声，走几步就发狠地呸一口。

等到了家门口，情绪逐渐冷却下来，张苗又感到害怕了——这事会有什么后果她很清楚，家里必然会闹出天大的乱子。不过，现在后悔还来得及。

张苗在门口站到手脚都冻得失去了知觉，才一咬牙把板车推进了院子。

“我不是故意的，屋里面太暗，我没看清。”她望着棺材自言自语，“对，就是这样，我能是故意的吗？那我成什么人了，李德贵你就这么看我？对，就这么说。”

3.

李德贵是半夜被人给送回来的。

交到张苗这边时，他还紧紧抓着旁边的醉醺醺的大汉不松手，眼睛通红，鼻涕和泪水糊了满脸。

“妈哎，我的妈没了，我的妈没了啊！”他的哭腔里带着嘶哑，肝肠寸断的模样让大汉也跟着哽咽。

“嫂子，李哥心里难受，辛苦你了，别嫌他。”

看着丈夫的样子，张苗突然觉得自己真不是个东西，干的事也是前所未有地荒唐。

她木讷地点头，拴好门，扶着李德贵往里走。

“我……我要跟我妈住，我要找我妈，我要和我妈说说话！”李德贵扯着喉咙喊，死活不肯进屋。

张苗心里咯噔一声，她强撑着劝了几句，但丈夫就是不依，喝酒之后劲还大，拽得她脚下踉跄。

再劝就显得心里有鬼了，她只得任丈夫推开婆婆的屋门。

一口雕花棺就放在屋子正中间，没封盖，上面搭了一层白布。张苗心里发怵，绕开它，扶着李德贵到床上去，给他脱了鞋，擦了身，盖上被子。

其间，李德贵倒也安生，只在嘴里“妈呀，妈呀”地叫，眼泪一会儿流出一股，一会儿又流出一股。

“你出去，出去，我要和妈说话。”好不容易收拾妥当，他又闹腾起来。

“好，好。”张苗轻手轻脚退出去，乖顺得像一只绵羊。

这一夜她做了许多梦，有把王梅从殡仪馆接回来的，有杨婆婆被当成王梅下葬的，也有李德贵如同恶鬼，抓着她的头发往地上掼的。

所以当院子里的鸡发出第一声鸣叫时，张苗觉得不可置信——自己居然好端端地躺在床上。

接下来的一上午，张苗都魂不守舍，饭烧煳了好几次，每次刷锅要站着愣半天。

直到快接近十二点，婆婆的房门才被李德贵火急火燎地拉开。他鞋子半拖着，一只胳膊还在袖管外面，一副刚从床上蹦起来的样子。

“你怎么不叫我？”他冲张苗发脾气，“不是说了今天要送货吗，这给耽误的，让你办点事，一天天的不知道在干什么！”

张苗顾不上顶嘴，注意力全放在观察丈夫表情上。

“你还好吗，昨天？”

“啥？”李德贵没反应过来。

“就是，你和妈说话，是不是挺难受的？”张苗想了想，又补充，“你别憋着。”

“那是我亲妈，我能不难受吗？”李德贵没给她好脸色，但他平时也这样。

“那你咋跟她聊的？”

“你到底想说啥？”

“我就是怕你心里有事憋着不说，毕竟妈走之后都是我在跑前跑后，昨晚你头一回见她走了的样子。”

李德贵看了她一眼，叹口气说：“行了，我知道苦了你，你也不要以为我是那种白眼狼。昨晚给妈擦脸擦身，我心里像被刀子刮一样疼，恨不得啥也不顾了，就专心操持妈的身后事，可是你怎么办，家怎么办？总得紧着活人吧。”

张苗古怪地看着丈夫，重复说：“你给妈擦脸擦身？”

“有啥用？妈也不知道了，可是，可是……不说了，我知道你难，我更难，过日子不就这样。”

张苗前所未有地觉得丈夫如此虚伪。饭局演给别人看，今天又跟媳妇哭惨，实际上呢？凭她的了解，李德贵怕是连床都没下吧。

折腾这么大一出，好没意思。

李德贵没注意张苗的眼神，去灶上抓了个热腾腾的馍，又把锅里的俩鸡蛋全揣进怀里，就出门去了。

直到这时，张苗才反应过来自己忘了什么——李德贵没发现搞错了人，自然也不会去换，那王梅的骨灰岂不是要埋进杨婆婆的坟？

到时候再发现弄错了咋办？一场乌龙，闹到要开人家的坟，杨家能依？

张苗焦虑地把衣角拧成了一团，事变得越来越大了。

4.

一整日，张苗内心都在拉锯。她想，索性承认算了，就说今天自己收拾屋子的时候发现了这个错误。

到时候，她就往地上一跪。不，还是假装要喝农药，端着瓶去找丈夫坦白，先镇住他再说。

计划想了好几番，每一步都细细计划了许久，在此期间，张苗的后悔达到了高峰，她想自己也没那么恨王梅，怎么就鬼使神差了呢？

等李德贵到家，明明做好了准备，话到嘴边，张苗却怎么也说不出来。

李德贵抽烟的时候，她跟着；李德贵打水的时候，她跟着；李德贵去旱厕，她也跟着，活脱脱一个沉默的幽魂。

“你今天咋这么奇怪？”李德贵受不了了，“有事说事。”

张苗张了张嘴，挤了半天才挤出一句：“没事，就是家里突然有人走了，我害怕。”

“怕啥？那是妈，你有啥可怕的？”

要真是王梅我还能害怕？张苗想。

李德贵不知道，他只看见媳妇少有的柔弱，突然笑了笑，拉住她的手把人往自己怀里带，说：“咱又没做亏心事，不怕，要真有人该怕，那也不该是咱们。”

不，那人该是我。张苗想。

“我今天送货听到个事，忒扯淡。杨家那几个在火葬场闹了一出，嫌火葬场卖的骨灰盒贵……”

“谁家？”张苗陡地瞪大了眼睛。

“杨家啊，就杨婆婆那几个儿子，这不是重点，”李德贵接着说，“你知道他们干了个啥事不？”

“啥事？”

“他们居然把杨婆婆和王叔放一个骨灰盒里了，说是本来就是要合葬的，没必要再买一个。”李德贵冷笑了一声，“我要是杨婆婆，非得活过来把这几个不孝子踢死。”

“合葬，不分盒？”

“你也觉得说不过去是吧，省那几个钱，临了不让人安稳，这还是亲妈。”李德贵叹了口气，“杨婆婆以前多照顾我，他们没钱问我借，我咋说也会给点。这事闹的，我都看不下去。杨婆婆也是可怜人啊，是吧？你说话呀。”

张苗脸色白得像纸，她还能说什么？婆婆和人家公公的骨灰混一起了，让她咋说？

李德贵摆起了一副正义凛然、道德高尚的样子，又是唾弃杨家的行为，又是比照自己的孝顺，讲到后面，还开始后悔自己没去看望杨婆婆。

“她最后那几天我该去看看她的，是我不讲究。”他说。

其实，他现在去看，也是来得及的。

好在李德贵没再提住王梅屋的事，张苗心里也再没坦白的念头。她现在只有一条路可走——把事按死在肚子里。

第三日在李德贵出门之后，张苗立刻去了王梅的屋子，把封盖重重地压在那口雕花棺木上，然后找来长钉，给钉严实了。

虽然不合规矩，但拿气味糊弄，也能说得过去。只要过了七日停灵，下了葬，就算尘埃落定。

要往常，她最烦丈夫在外面喝酒喝到大半夜，像头蛮牛似的撞门。但现在不同了，张苗恨不得李德贵能天天醉得不省人事才好。

然而，当人数着日子过的时候，就偏偏会发生点什么。

第四日，杨家又出了事。他们在整理遗物的时候，发现杨婆婆在几年前，竟背着家里所有人镶了三颗金牙。然而，拿骨灰的时候，他们却连影子也没见着。

金子这玩意，就算烧化了，克数也不会有改变。于是杨家认定是火葬场偷死人的东西，非要讨个说法出来。

火葬场那边却咬死不认，说他们只负责烧，不负责检查，更不可能贪那种东西。如果骨灰盒里没有，那就是混在废弃物里被处理了。

两方各执一词，本来道个歉赔个钱的事情，竟惹出了真火，非得分个对错。杨家说要较真地查，火葬场也不退让，给他们指明废弃物填埋点，让他们自己去翻。

“要我看，杨家就是因为之前丢了脸，好不容易逮着机会给火葬场气受呢。”李德贵躺在床上点评，“你看多少事都坏在钱上了？要不是为了省那么点电费，把监控器当摆设，问题不早解决了？”

张苗感到一阵后怕，她居然忘了还有监控器这回事，只觉得老天在救自己。

夜深了，张苗拉灭灯，躺在丈夫身侧，脑袋里一直想着事情后面会有怎样的发展，杨家总不至于报警吧。

在忐忑中，她好不容易有了睡意，然而李德贵一句若有所思的话，把她整个人都惊醒了。

他说："妈她不会也镶金牙了吧？她和杨婆婆关系好，一起去也说不准。你看过吗？"

看过，那能弄错人？没看过，李德贵不得去检查？

她只能憋着不说话。

"睡睡睡！像头猪。"李德贵骂了一句，翻过身去。

5.

第五日，张苗在后院烧火，李德贵难得起了个大早。洗漱过后的第一件事，就是钻进王梅房中，去掀那厚重的棺材封盖。

"你钉那么死作甚？"过了好一会儿，他才骂骂咧咧地走出来。

"不钉死跑味。"张苗心虚地劝，"算了，你别折腾了，别把妈的棺材搞坏了。"

"那是我妈，你嫌她？"李德贵横她一眼，"妈的遗物呢？"

"都在房里，年头久了，也不好规整。就算漏了啥，当是陪葬不好吗，一点小钱何必呢？你之前不是还说杨家人……"

这话不知道怎么触了李德贵的霉头，他突然就发起火来了："小钱？家里最不配说这个的就是你，你嫁过来赚过一分钱？"

但很快，他就转换了话头，说："你也不过过脑子，我是为了钱吗？咱妈是土葬，也没个守坟的，带东西下去反而是祸事，你懂不懂？”

“叫唤什么，那你就给她守啊。”张苗小声犟。

“行啊，我守，我们都饿死算了，不活了！”

接下来的几个小时，李德贵就像屁股下面长了钉子，半刻也坐不住，一会儿去翻王梅的家当箱，一会儿又去琢磨棺材的接缝。

“我记得妈不是有个金链子吗，咋没看到？”他从房间里探出头来问。

“不是之前弄掉了吗，你忘了？”

“啥时候的事？我记得她之前还戴过。”他嘟囔几句，突然怀疑地看张苗，“你是不是收起来了？”

张苗觉得寒心，他不如直说自己偷藏。但眼下有再大的不满也得忍着，她好言好语地解释，李德贵也不知道信没信。

到了晚饭时，李德贵像是做了什么重要的决定，说：“不行，我得再开棺看一下。”

“哦。”张苗说。

要是早上，她准怕到端不住碗。但一天的慢刀子割肉下来，她累了，还能咋样呢，给个痛快吧。

王梅房中传出咯吱咯吱的开棺声，张苗在屋外洗完了碗，又把地仔仔细细扫过一遍。

其间，她无数次看向院门，又想到自己无处可去，就又抓紧了手头的扫把。

封盖终于被掀开，它落地的声音砸在张苗的心上，三四秒之后，李德贵极其愤怒的声音也传了出来。

“张苗！张苗你给我过来！”

他喊完也没等，疯了一般地踹开门，从房里疾步走出来，脸色涨红，手里还攥着棺材里的白布。

“你干了什么？你干了什么？”李德贵的吼叫要把这小院，不，把天都捅破一个窟窿。

张苗还是看着他，如同失了魂，木讷讷的。

“你故意的，你是故意的！”

直到这时候，她才找回自己的声音，问：“啥，咋了？”

“贱人，贱人，贱人！”李德贵拿白布猛抽张苗的脸，尸体的恶臭将她整个人笼罩起来，“我妈呢？你把我妈搞到哪里去了！棺材里的人……”

张苗知道自己该装作无知，她哆嗦着嘴唇，想要说些什么，可是李德贵的模样太凶狠，哪怕之前吵架吵到要离婚，他也从没露出过这种眼神。

张苗的心肝脾肺都在发颤，她终于还是在疾风骤雨的抽打下，发出一声尖叫，捂着脸放声大哭起来。

完了，全完了，不打自招，傻子也知道她是蓄意报复了。

李德贵怒火更甚，拖着她想要把她拉去棺材前。张苗用尽力气挣扎，拽倒了院子中央的木桌，于是那些等着晾干的碗碟一股脑摔在地上，发出噼里啪啦的脆响。

李德贵喘着粗气，嘴里颠三倒四地骂：“你把我妈……”

这时候，他突然看见虚掩的院门口似乎站着人，话一下子憋回了喉咙里。

是邻居刘姨，不知道在那里待了多久。

在骤然的安静中，两人对视，刘姨局促地搓搓手，推开门走了进来，说：“你们两口子吵啥呢，真有啥事也别动手呀，坐下来慢慢说嘛。”

张苗还在一耸一耸地啜泣。

“咋啦？”

李德贵不知道她听到了多少，挤了半天就挤出硬邦邦的一句“没事”。

“梅子的后事小张没安排妥当吗？发这么大火气，我们小孩都被吓到了，哎，我也没那个意思，就是看能不能帮上什么忙。小张，你也别哭了，有事就解决呗。”

“就是解决不了啊。”

张苗话刚开了个头，就被李德贵打断，他脑子从来没转得这么快过，比画着说：“她给我妈身上划了那么长一个口子，这叫什么事，到最后还不能体面，我能不气？”

“啊？可是我听……”

“我又不是故意的，”张苗反应过来打断她，默契地配合起来，“我一个女人，手上又没劲，你以为我是故意磕碰的吗？为这个你就要打死我，那你打死我吧！”

刘姨的目光在李德贵和张苗之间转了两圈，说：“多大的口子啊，我看看呢？”

“没多大。”

“别看了。”

两人同时说，李德贵接着找补：“妈走了好几天了，她应该也不想这个样子见人。”

刘姨狐疑地咂嘴，直到被请出去的时候，还频频看向停灵的屋子。

情绪一旦被打断，再续起来就怎么都不是滋味。

李德贵怒，怒不起来；张苗哭，也哭得奇怪。索性他俩都停下来，扶起翻倒的椅子，坐下思考接下来该怎么办。

现在是接不回王梅的骨灰了，都混在一起，好比米粉里面挑面粉。既如此，那杨婆婆的遗体还要送回去吗？

“不能，绝对不能。”李德贵想想就脑袋发闷——因为他们家的破事，扰得杨家两个长辈不得安宁，仇肯定得结下。况且，即便是媳妇惹祸，也必然连带他没法做人。

“那阴阳先生和送葬的吹手还请吗？”

“请个屁，又不是我妈！”李德贵瞪圆眼睛，“你现在又开始装样了是吧。”

“我就一问，之前不是说杨婆婆照顾你吗。”

“她来我们家已经算善终了，你想想杨家干的事，现在她好歹是齐齐整整的……”李德贵的声音越来越小，到最后彻底没了音，只若有所思地看向王梅的房间。

张苗也没敢问他在想什么，怕丈夫哪根筋没搭对再次暴怒。

好在事情没往这个方向发展，李德贵兀自站起身，走到王梅屋前，又折回来，再走过去，作势要推门，又停了手，来回折腾几次，才下定决心进了屋。

过了好一会儿，他才把半个身子探出来，对张苗说：“把我们家钳子拿来。”

“你要钳子干什……”张苗很快转过弯来，做贼似的压低声音，“你该不会想……你疯了吗？”

“快点，少废话！”

夜晚静得让人心慌，无论是顶着疲态堵在殡仪馆的杨家人，还是屏气凝神忙到发汗的李家人，都让夜晚变得更加寂静。

等两颗金牙在水龙头下露出黄灿灿的色泽，李德贵的衣服已是臭不可闻。

张苗想起小时候听到家里的闲话——回门的姐姐说，以为结婚前就认清了人，结果才认了个皮毛。那一瞬间，妈看姐的眼神，不像是母亲看女儿，而是女人看女人，她问：“你现在就认清了？”

姐说：“十有八九吧。”

妈说：“再过几年，你再看。人到底是什么样，到死的那一天都难说。”

现在，张苗竟有些不敢看李德贵，只觉得王梅屋那敞开的门黑洞洞的，李德贵勾着脑袋拨弄金牙的样子好似一头野兽。

“你说这有几克？”李德贵自言自语，“到时候熔成金豆子吧，嗯，也不好出手，得压一段时间。”

张苗心里突然动了一动，问：“不好卖，打成首饰？”

夫妻俩对视，李德贵也像是重认了一回她，说：“你真行啊，打完你戴吗？”

张苗没回答，她绕过丈夫，去把王梅的房门拉紧。

漫长的一天终于过去，张苗和李德贵躺在床上。她觉得明天不会是一个好天气，窗外的风呜呜咽咽，榆树叶发出沙沙响声。

“我有点怕。”她说，现在陪她怕的人又多了一个。

“怕啥？牛鬼蛇神都是胡扯！”李德贵爆发出突兀且响亮

的声音，“我火旺着呢，看哪个脏东西敢靠近我！”

张苗则是把被子往上拉一拉，好将自己整个盖起来，然后一遍遍在心里讲自己的苦衷，劝杨婆婆看在两家关系好过的分上，别来找自己。

6.

第六日，李德贵出门前又去看了看那两颗金牙。

按理说，他跑完单子，总要在外溜达到晚上。但这次还不到下午，他就跟被鬼撵了似的回了家。

“出什么事了？”

“昨天吵架，我们都说啥了？”李德贵问，“有提杨婆婆的名字不？”

张苗顿时意识到了什么，睁大眼睛，连声问：“他们知道了？传到他们那边去了？现在怎么办？”

“慌什么！”李德贵明明比她还紧张。要说昨晚之前，事情戳破也就戳破了，可今天不一样了。他悔不该鬼使神差去开棺，不到一千块钱哪够买自己后半辈子的名声呢？

“到底什么情况，你说句话呀！”

“我们昨天到底有没有提杨婆婆的名字？”

“提了……好像也没有。”张苗不确定。

“没有的吧，是没有的吧，我也记得没有。”李德贵嘟囔，下了一个给自己定心的结论，“对，没提。”

然后，他才有力气给张苗解释。

他说，邻居准把闲话传出去了，至于话传成了什么样，传到了哪里都不清楚，但这条街的人应当是知道了。他能感觉到有人对自己指指点点，甚至还听到他们把自己和杨家人的名字放在一起说。

事要遭，杨家早晚会听到风声，现在在来的路上也说不准。

李德贵忙着去把棺材钉好，又嫌声音大，让张苗开电视，发现压不住，就让张苗站在房门口唱歌，反正她平时也爱唱上两句。

咚咚咚！

“北风吹，鹅毛落，瑞雪那个兆丰年哎……”

咚咚咚！

“人来往，送冬去，家家户户好团圆哟，好团圆……”

咚咚咚！

李德贵出来的时候，张苗的嗓音已经沙哑，她接了杯水来喝，问：“要不咱们今天就下葬吧。”

“停六天算怎么个事，不是有问题是什么？”李德贵在院子里转来转去，“得等明天，明天一早就下葬。吹手和阴阳先生你别退了，去准备两个红包，一会儿当着别人面给他们，就说让他们尽心一点。”

“包多少？”

李德贵皱着眉头不说话，张苗又问了一遍，他才不情不愿地挤出个“两百”来。

原本没这出，他是不打算给红包的，这下倒真应了之前的话——给杨婆婆尽份心，只不过尽得比自己亲妈还用力。

等到晚上，院子门还是被敲响了。张苗从门缝里看见杨婆婆大儿子那张灰扑扑的脸，慌忙给丈夫做口型，没承想李德贵像一只陡然见光的大耗子，噌的一下就躲进里屋去了。

张苗只得深呼吸几下，独自将人迎进来："你来啦。"

"哎，哎。"杨伟业表情也有些不自然，"李哥不在家？"

"在……在呢。"张苗扭头喊了两声，李德贵才慢吞吞从房里走了出来。

三人坐在方桌前，杨伟业先开了口，话头是他家的糟心事，又转到街坊里的流言。他声明自己是绝对不相信会搞错的，但是家里人非要他来一趟。

"家里长辈心不安，我确实也没办法，而且，王婆婆走了，我也理应见见她，送送她，是不？"

"那你来得晚了，棺已经封上了。"李德贵抽口烟，"你信哥，绝对没搞错，封棺前每天我都和妈说大半宿的话。我根本睡不着，一闭眼，我妈的遗容就在我眼前晃啊晃，这要是能搞错，我不得好死。"

"你这话说的，我也不是那个意思，就是来面对面告个别。"

"面对面？你是想告别的吗，不知道封棺再开是作孽吗？"李德贵拉下脸来，"你家那套别带到我家来，我和我妈感情深，容不得这些。"

原来他也知道是作孽，张苗心想。

"不是，不是，哎，李哥，你误会了。"杨伟业有些急了，"都是长辈的意思，他们觉得要是真搞错了，那殡仪馆的责任跑不了，到时候得给我们两家赔偿，至少这个数，你说是不？"

"这么多？"张苗没忍住问。

李德贵重重拍了一下桌子，打断她的心思，他嚷起来："有完没完！那就是我妈，我亲妈，你这是在侮辱她，也在侮辱我！”

后面，不管杨伟业怎么说，李德贵都像一头被激怒的公牛。他知道怎么让自己显得高尚，至少要比杨伟业高尚。

毕竟杨家人已经成了笑话，县里有一个笑话就够了。

7.

漫长的七天总算结束，一大早，那口雕花棺材就被人抬着朝葬岗去。

张苗跟在吹吹打打的乐师后面，李德贵扶着棺，身后是两排亲人、朋友、邻里，其中有和他喝酒的男人们，也有杨家的人。

李德贵昨夜就做了准备，口袋里装着用来熏眼泪的万金油，只等着在众人面前好好地哭上一场。

越往山里走，雾就越大，张苗恍然觉得她走在通往另一个世界的路上。

“妈哎，我的妈哎！”李德贵开始哭起来，声音起先是干干巴巴的，号着号着就勾出了真感情，往日的母慈子孝涌上心头，李德贵开始颠三倒四地骂自己。

“我不孝啊妈，儿子对不起你，我不孝，我不孝，妈啊，妈我想你了……”

送行的人情绪被带动，絮絮的闲聊止住。在冷风中，在悲怆的乐曲中，一个儿子的悲痛好像能沟通天地。

张苗见李德贵竟哭到了上气不接下气的程度，她犹疑地走过去，想看清丈夫的脸，却陡然对上了他充满恨意的眼神。

至少在此刻，他恨她恨到了骨子里，都怪她害妈不能善终，她恶毒的心肠仿佛在流脓。

一切的一切都是她的错，她毁了这个家，毁了他的良心，害了他一辈子，让他不得不背着愧疚直到死亡。

闹剧本不该发生的，完完全全、彻彻底底都因为这个女人。

张苗被镇住了，悔恨顺着鸡皮疙瘩爬上来，她想，自己和这个男人要过的剩下的半辈子完了。

本不至于此的，她虽说怨恨老太太的刻薄，但真不至于到这个程度的，这日子磕磕碰碰，倒也不至于没有一丝温度。这冷风吹着吹着，倒还真吹出了张苗滚烫的眼泪，一时间也不知道是悔更多一些，还是怨更多一些。

8.

葬礼之后，李德贵有两个月没在外面跑单。

他在葬岗搭了一个小棚子，饮食起居都在那里解决。其间，张苗劝说大可不必，杨家人就算再疯癫，也不至于会掘墓开坟。

“殡仪馆能赔这个数，你敢保证？”

张苗沉默，杨家人不好说，但她和李德贵还真就说不准。那么好吧，就守吧。

冬天过去了，春天带来暖意和蚊虫，在这样的日子，死去的一切都会成为供给新生的养料。李德贵和张苗拆了葬岗的棚子，一前一后朝家走去。

守坟两个月，在小县城是绝无仅有的。李德贵因此变得越来越人不可貌相，成了老年人拿来唠叨子女的模板。

他们说："不求你做到李德贵那样，能有他一半我就知足了。"

他们说，王梅坟前有孝子。

编号

00-08

008

LIST OF RELICS

00-08

玫红坎肩

文→白药箱

序号	遗物名称	收容时间	年龄
01		1990-5-13	
02		1992-4-18	
03		1994-6-1	
04		1994-8-2	
		1997-6-15	

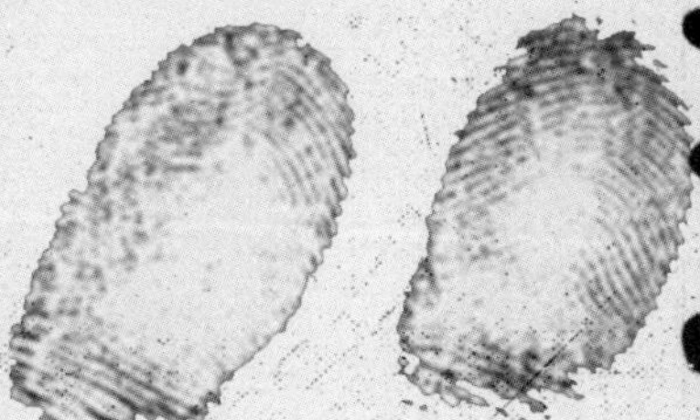

遗物清单

玫红坎肩

编号 008

LIST OF RELICS

1.

老何的老伴松芝走了。

本来老何以为老了会是自己先走，毕竟年轻的时候跑大车熬大夜，抽烟抽得凶，五十岁出头就查出高血压、心脏病，天天药不离口。反观松芝却是个生活规律、身体健康的老太太，精神头很足，看起来也比老何年轻许多。然而谁承想，这样一个好好的人，突然就没了。

在老何的印象里，老伴总是穿着一件玫红坎肩，那是儿子小宝刚上小学的那年，老何当着儿子的面送给松芝的生日礼物，本意是想让儿子记住妈妈的生日，没想到被松芝骂了个狗血淋头。

“你到底会不会买衣服，不会买别瞎买行吗？这个色让我怎么穿出去？”

至今老何也不明白这玫红色怎么就穿不出去了，街上那么多大姑娘不都穿红衣服吗？

“人家穿这种红吗？还是个坎肩！”松芝用两根手指捏着坎肩抖了抖，“还花了 200 块钱！你把钱给要饭的都比买它强！”

老何委屈极了，闷闷不乐了好几天。

松芝似乎也看出老何不高兴了，于是勉为其难地用坎肩代替围裙，专门在家干活的时候穿。这一穿，就是三十多年。

松芝是个非常能干的女人，不仅年轻的时候是厂里的业务标兵，家务事也完全不让老何插手，她总是嫌老何做事磨叽、粗心。

老何拖地的时候，她织着毛衣坐在一旁。

“跟你说了多少遍茶几要挪开再拖，你这样伸进去拖不干净呀！”

“拖布多洗几遍，你看看都还黑着呢就拿出来拖！”

老何刷碗的时候，她在旁边擦灶台。

“你把碗底也好好洗洗，别只刷碗里面！”

“洗洁精别挤那么多，我都刷完也用不了那么一大坨！”

后来老何索性懒掉不干了——“既然你那么厉害，你自己做好了。”

“我做就我做！”松芝白了他一眼，“就知道你是个没上进心的男人。”

松芝这话其实也没错，老何确实没什么打拼的欲望，每天在厂子里拉几趟货，到点就下班回家，和他同一批进厂的要么升迁要么下海，就他还是个普通工人。

松芝那时候已经在厂里做到了车间主任，高低算是个领导，平时工作也挺忙，老何本来以为她又上班又做家务肯定没多久就会累到后悔，但没想到松芝不仅工作照常，家里也收拾得井井有条，比跟老何一起做家务的时候还要强。

这下老何尴尬了，感觉自己在这个家里像个可有可无的人。不过周围的男同事们反倒都开始羡慕他，说他找了个能干的好老婆，后半辈子都可以享清福了。

但老何这个清福却享得并不舒服，渐渐地，穿着玫红坎肩的身影让他觉得刺眼，时不时的呵斥和嘲讽也让他越来越难以接受。他开始和松芝吵架，但每次吵架都是以他被盖章什么都不行结束，让他更加憋屈。

2.

那时的老何也不知道自己是不是精神出了问题，竟然开始疑神疑鬼地猜测松芝有了外遇。

在一次吵架中，松芝照旧说着谁家男人如何如何有本事，如何如何比他强，老何被激得脑子一抽，吐出一句："别以为我不知道你跟那个男的有事！有本事你让他离婚娶你！"

这下可是捅了马蜂窝，一向要强的松芝竟大哭起来，边哭边拿东西砸老何，最后手边实在没东西了，她猛地扯下身上的玫红坎肩丢向老何，斩钉截铁地吐出两个字——"离婚！"

"必须离婚！我跟你过不下去了！"

这回老何彻底蔫了，在那个年代，离婚是天大的事儿。以自己的条件，离了婚再讨老婆可讨不到什么好女人了。而松芝，老何回想起他们谈对象那会儿，可是有不少男的追她呢。

就在老何的婚姻岌岌可危，松芝已经带着儿子回娘家住的时候，一件大事发生了。

松芝和老何所在的厂子倒闭了，两个人全部下岗失业，拿到手的只有厂里给他们买断的四万块钱。

离婚的事突然就没有人提了。

在那段艰难的日子里，饶是精干如松芝，也在找工作时碰了壁，倒是老何靠着以前在厂里考的大车执照，给一家私人企业跑起了大车。

但不得不说跑大车是真的苦，车里的空调马力不足，夏天热得像蒸笼，冬天又冷得像冰窖，路远的时候，一趟就要开十几个小时不能休息，老何的高血压就是那时候累出来的。

松芝虽然嘴上不说，却都看在眼里，夏天的时候她去药店买了不少防暑降温药，还抢了儿子的喷水风扇塞给老何。冬天她一针一线地给老何缝了厚厚的棉衣、帽子、手套。老何说脚冷，她还给老何织了一对厚厚的毛袜子，每天回家都给老何准备热水泡脚。

她数落的对象从老何变成了儿子小宝。

“这么简单的题你给我考 75 分？你妈小学考试天天拿双百！”

“你以后这样都找不着工作知不知道？”

何宝接住母亲砸过来的卷子，小嘴噘着，嘟囔道：“我以后就跟我爸一样开大车。”

松芝听见更火大了：“你看不见你爸挣那点钱多费劲是不

是？我们俩好吃好喝供着你上学就是为了让你开大车的？”

“那你想让我干啥？”何宝问。

松芝一时也答不上来，看见电视里正放着的新闻联播，就指着屏幕上的主播跟儿子说：“你看人家播新闻的，多好，每天就动动嘴皮子，就能赚好多钱！”

何宝看着屏幕里西装革履的男主播，突然玩心大起，有模有样地学了起来。

“各位观众朋友，感谢您收看今天的新闻联播，我们明天再见。”

也许是自家孩子在自己眼里都有三分滤镜，何宝学主播的样子让松芝觉得棒极了，她在那一瞬间仿佛看到了未来的盼头。

打这以后，松芝有了新的目标，她要培养她的儿子去播新闻。

也不知道从哪听说了新闻专业英语要好，她给儿子买了很多英语磁带，天天抓着儿子学，发现儿子老是偷懒不好好学，她就在旁边跟着儿子一起听一起学。那时候家里天天都“鸟语花香”的，老何半夜还能听到松芝在梦里背单词，听得他哭笑不得。

一学期下来，何宝的英语分数成了班里的第一名，但回到家听说读写却样样不如松芝，被老妈看不起的何宝不愿意再跟妈妈一起学英语，放了学就去同学家写作业，气得松芝到处去抓他，导致那段时间何宝看到穿红衣服的女人就跑。

3.

有一天放学何宝又没按时回家，松芝正准备出门抓人，却接到了学校老师打来的电话。

何宝在学校打架了。

松芝慌张地赶了过去，连衣服都忘了换。儿子一直是个老实巴交的孩子，她从来没想过儿子会打架。

她刚一踏进办公室的门，就见儿子指着她对老师喊道："老师你看，这就是我妈，我没有胡说！"

紧接着松芝就迎来了老师审视的目光，她发现自己还穿着玫红坎肩，一时有些尴尬。却听旁边一个烫着卷发的女人冷哼了一声："这么大岁数了还穿这么艳的红色，真是儿子随妈，都挺不要脸的。"

松芝的脸色当即就挂了相："红色怎么了？我老公给我买的，你是没老公吗？"

卷发女人也变了脸色，又尖声嘲讽道："果然是随得很！母子俩说话都跟放屁一样臭！"

班主任连忙抬手打断两个人的争执，跟松芝说明了打架的原委。

先动手的人是卷发女人的儿子，起因是这孩子穿了个红坎肩，何宝就说人家"这么穿看着像我妈"，班里的同学听到就开始起哄，管穿红坎肩的孩子叫何宝他妈，小男孩被叫了一个礼拜，最后气得打了何宝。

"最后怎么解决的？"老何回家听说了这事。

"还能怎么解决？互相道了个歉就完了呗。那个卷头发的妈还事儿事儿的，非说咱何宝家教不好。"松芝生气地把老何换下来的衣服扔进盆子里，"说我衣服红色太艳，穿出去不要脸。"

老何心里一抖，估摸着自己买这衣服怕是又要挨训了，结果却听松芝话头一转。

“红色怎么了？我就要穿，我天天穿！气死她！”

老何听了忍不住哈哈笑了起来，笑完见老婆泡了衣服又拖地，忙得脚不沾地的，便劝道：“小宝也长大了，你让他帮你分担点家务吧。”

松芝却把头一摇。

“分担什么？他现在的任务就是好好学习，别的啥也别管，将来考个好大学。”

她又瞟了一眼老何。

“而且他比你还笨，什么也干不好，看他干活能急死我！”

又来了，老何暗暗叹气。

4.

后来，何宝如愿以偿地考上了新闻专业，然后娘俩才知道，原来学新闻专业的不播新闻。

虽然偏离了初衷，但那时候新闻人也是香饽饽，何宝凭着出色的英语水平毕业后就进了当地电视台工作。

没过几年，老何带着一身病退休了，退休之后他就乖乖在家待着，跟楼下老头儿们打打牌，给家里人当当司机什么的，松芝却依然风风火火地到处跑，今天给儿子做床棉被，明天去早市抢最鲜的鲤鱼，儿子谈了女朋友后，老两口拿了些积蓄帮儿子买了新房，装修的时候都是松芝全程盯下来的。

“他们可别想偷懒糊弄我。”老何总听她这么说。

儿子结婚那天，现场只有新郎的父母，儿媳妇是个孤儿，长得漂亮人也懂事，让人心疼得紧，松芝在婚礼上拉着她的手说："以后你就是我亲闺女！"

随后，两个女人哭着抱在一起。

有了这个"新闺女"，松芝的生活更忙碌了，媳妇也很喜欢这个能干的婆婆，天天请教松芝家务上的事，这让松芝特别开心，还跟老何夸儿媳"一点就通""心灵手巧"。

后来儿媳怀孕了，她更是像打了鸡血似的天天往儿子家跑，变着花样地给小两口做饭，还带着老花镜穿针引线，给未来的孙子或孙女缝了好几身小衣裳。

曾经鲜艳的玫红坎肩如今已经发乌变旧，上面多了些洗不掉的油渍和常年剐蹭的毛边，但依旧是松芝所有衣服里最显眼的一件。

有一次，老何跟她说："这坎肩太旧了，给你买个新的吧！"

她却瞪大了眼睛："你不会又要给我买衣服吧？可不行啊，我跟你说！别搞我，这种衣服有一件就够了，再不能买了！"

"那你自己买总行了吧？"老何无奈。

"买什么哦！"松芝一脸不情愿，"等儿媳妇生了娃娃，到处都是要用钱的地方，小宝那点工资也请不起月嫂，等儿媳坐月子了我肯定得住过去伺候，到时候你自己做饭洗衣服听到没有？"

"听到啦！我又不是你儿子，做饭洗衣服还不会吗？"老何看着越发精打细算的老太婆，有点担心，"那月嫂的活儿你干得了吗？别再累出病来。"

松芝"切"了一声："我身体好得很，你当谁都跟你一样是个药罐子？”

然而老何怎么也想不到，**就在 8 月的一个雨天，**松芝在去儿子家送排骨汤的路上，脚一滑摔了一跤，头撞到停在路边的车子上，就那么没了。

怎么会这样呢？老何在心里问老天爷。

你怎么能让她这么早就走呢？她还没抱到孙子，还没伺候月子，还有很多事想做呢。

5.

简单地办完丧事，老何一个人坐在家里。

桌子上蒙了一层灰尘，热水壶是空的，冰箱里零星的几颗油菜都烂掉了，整个房间里一片寂静。

不是这样的。他的家不是这样的。

松芝在的时候，每天都要把地面桌面擦得干干净净，壶里永远有热水，冰箱里总有新鲜的蔬菜水果，耳边不是洗衣机的声音就是缝纫机的响动。她总会穿着玫红色的坎肩，在房间里走来走去。

而现在，老何忽然觉得，这个家和老伴一起，死掉了。

何宝走了过来：“爸，我想跟你商量点事。”

“啥事？”老何问。

“你现在一个人，身体又不好，自己在这住我们不放心，要不你把房子卖了，搬过去跟我们住吧。”何宝建议道。

“卖房子？”老何愣了愣，“我去跟你们住可以，但是卖什么房子？”

何宝一副为难的样子："爸，我也是没办法了。我妈不在了，我媳妇生孩子坐月子咋办？我天天上班，家里连个做饭的人都没有，眼见着肚子这么大了，干啥都不方便，上次半夜说饿了，我给她煮了碗方便面，结果人家哭着给我砸了一地。"

老何像听天方夜谭一样听着儿子说到这，见他嘴一撇，竟露出不耐烦的表情。这时，老何突然意识到，他们对儿子的教育，好像真的失败了。

而儿子还在继续抱怨："这两天她又闹着说生完要去月子中心，你说我哪有钱给她去月子中心啊！所以我就琢磨爸你把房子卖了支援支援我，以后我和媳妇加倍孝敬您……"

他话音还没落，就被老何打断了。

"怎么，你妈刚死，你这主意就打到我们这房子上了？"他站起来踱着步，手指愤怒地在空中挥舞。

"上班有什么不能伺候媳妇的？你妈当年怀你的时候你奶奶早没了，都是我伺候的！我那时候早上 6 点起床给你妈把一天饭做好才能出去上班！回来还要伺候你妈洗脸洗脚，你妈的腿肿得跟葫芦一样，我天天都给她按到睡着！生了你之后我天天给你洗尿布，半夜起来给你冲奶粉，谁不是这么熬过来的？当年我们厂的小伙子们都是这么扛过来的！"

接着他又指着儿子的鼻子骂道："你呢？你居然给你怀孕的媳妇吃方便面！我怎么养了你这么个混种！还大学生呢，都学了些什么东西！给我滚！"

何宝被老何突如其来的怒火吓坏了，他从来没见过父亲发这么大火。更让他震惊的是父亲说的那些话，在他的印象里，老何就是一个被母亲伺候了一辈子的男人，怎么看也不像是干过那些事的。虽然他对父亲的话将信将疑，但也只能灰溜溜地走了。

怒意散去后，老何看上去更加衰败了，他知道，发火解决不了问题。以前松芝在的时候，好像一切问题都不存在，现在看来，是他们太依赖松芝了，或者说，是松芝太让他们依赖了。

如今这些问题，他必须自己面对了。

就在这场冲突爆发后不久，老何招呼他三妹来帮他收拾东西。

“咋还要卖房呢？”三妹不解，“听说你这房子旁边要建地铁站，可能还能升值呢！”

“等它建得猴年马月了，我是没那个命咯，就想着给孙子加点奶粉钱，现在养小孩子太贵了。”老何苦笑了一声，随后指了指沙发上的一堆衣服，“你看你嫂子的衣服你有想要的吗？不要就都捐了。”

“我不要，这年头谁还穿旧衣服啊！”三妹摆摆手。

老何将衣服一件件打包起来，加上一些儿子小时候的旧衣服，打算一起送到捐衣箱。

“哥，你等等！”三妹叫住他，“你落了一件！”

“没落，”老何背对着她摇摇头，“那件我留着。”

老何留下的是那件玫红坎肩。

一个月后，他带着那件玫红坎肩和自己干瘪的行李，搬进了儿子家。

6.

住进了儿子家之后老何才发现，儿子比他想象的还要不中用。何宝回家除了打游戏就是倒头睡觉，媳妇挺着个大肚子还要给他收拾衣服和碗筷，任凭老何怎么骂，这小子都死猪不怕开水烫，依旧当他的甩手掌柜，真逼急了就嚷嚷着要找保姆。

造孽啊！老何对着老伴留下的玫红坎肩叹气，你说咱咋就把他养成了这么个废物呢？

找保姆的钱老何是不想花的，他只能自己动手干活。

然而……

“爸，爸你别洗了，我来我来。”大肚子的儿媳从他手中抢过碗。

“爸你别累着了，我拖吧，你这么大岁数了万一磕了碰了咋整？”大肚子的儿媳又从他手中抢过拖把。

虽然嘴上叫着爸，但儿媳对于一个不甚了解的老年男性的入住还是表现出了拘谨。别说做家务了，哪怕他想帮儿媳穿个鞋倒个水，儿媳都一脸紧张地摆手外加吐出一连串的“不用”，老何只能作罢。

回到房间里继续对着老伴的玫红坎肩发愁，这可咋办呀，松芝？

看着眼前的玫红坎肩，老何突然想到个办法。

这天何宝下班回家，开门就吓了一跳。

一个穿玫红坎肩的身影从房间里走出来。

“爸？”他看清了人，才松了口气，“你穿我妈的衣服干啥？吓我一跳！”

老何伸手：“手机给我。”

“干啥？”何宝不解，但却下意识地把手机递到了老何手里。

看着儿子乖乖听话的动作，老何想，松芝啊，你这个坎肩果然有点效果。

“今天晚上由你做饭，不准点外卖，什么时候做出来什么时候吃。”

“爸！”何宝恼火地叫了起来，“我不会弄！我真不会弄！”

“不会弄就学，我在旁边教你，就从煎鸡蛋开始学！”老何学着老伴的语气强硬道。

或许是玫红坎肩的威慑力真的起了作用，尽管万般不情愿，何宝还是跟着老何进了厨房。

几分钟之后，看着锅里煎得焦煳的两个鸡蛋和儿子摆烂的态度。老何面无表情地把鸡蛋倒进垃圾桶，平静地对他说：“把锅刷干净，然后重新煎。”

“还煎？”儿子难以置信地看着他，“你放过我吧。”

几分钟后，又是一片焦煳。

何宝以为他爸这次肯定会发火，但没想到，老何依旧心平气和地看着他。

“刷锅，继续煎，注意火候。”

第三次，他终于煎出了两个不那么糊的蛋。

老何看着他把蛋盛出来。

“还行，有进步，再煎两个。”

何宝的情绪逐渐平静，手法也逐渐熟练，又煎了四个蛋，都没有糊。

“很好，”老何点点头，“下面学番茄疙瘩汤。”

……

那天晚上一家人第一次吃上何宝做的饭，儿媳先是忐忑地尝了一小口，然后挑起眉毛“嗯”了一声。

“还不错！”

得到夸奖的何宝嘴角止不住地上扬。

“我发现做饭也没那么难。”

看着儿子有点小得意，老何低头笑了一声。

“你要是觉得简单，那明天学做肉菜。”

儿媳也跟着附和：“老公，咱的宝宝以后能不能吃上肉可就全靠你了！”

一个礼拜下来，何宝被老何逼着学了好几道家常菜，了解了孕妇能吃什么不能吃什么，逐渐萌发了新手做饭的新鲜劲儿，甚至主动学起了颠勺。

看着儿子的变化，老何笑呵呵地摩挲着身上的坎肩，小声念叨。

“松芝啊，你看咱儿子这不是挺聪明的嘛，你别老骂他笨啦！”

7.

让老何开心的除了儿子，还有一个意外收获，就是儿媳。

自从他穿上了玫红坎肩，儿媳对于他的照顾竟没有那么排斥了，甚至有时候会主动请他帮忙。

老何感觉自己像是又回到了当年伺候老婆怀孕的青年岁月，每天早早起床给一家人做早餐。这个玫红坎肩像是有魔力一般，让他觉得自己身上像是有用不完的力气，连洗碗洗衣服都比原来快了许多。

他也学着老伴的样子去早市抢第一批最好的鲜鱼，把家里扫地机器人扫不到的卫生死角里里外外擦了个遍。

两个月后，儿媳妇生了，是个大胖闺女。

老何穿着玫红坎肩在产房外激动地小声说："松芝你听听，这是咱大孙女的哭声，多响亮！"

儿媳的月子老何还是做主出钱让她去了月子中心，他自己则在家里教儿子怎么做家务和带娃，何宝头一次发现自己的老父亲居然懂这么多带娃的知识。

"爸，这些都是谁教你的？"他问。

老何停下手里的活儿想了想。

"我们那个时候大家都在厂里工作，家里老婆怀孕的小伙子们都会聚在一起聊天，也会听岁数大的人聊怎么带孩子，慢慢地就都会了。"

接着他叹了口气。

"现在没这环境了，不知道也不全是你的错。"

"可不是嘛，"何宝也跟着叹气，"现在我们单位的男同事都不管这些，生了孩子就给老人带，我妈要是在，估计也不会让我带。"

"她肯定嫌我（你）带的不好。"父子两人异口同声，随后都笑开了。

饶是准备了一个月，当媳妇真的带着闺女从月子中心回来的时候，何宝还是把自己搞得手忙脚乱，衣服上的奶渍油渍都没断过，媳妇给他买了围裙但他总是忘了穿。

"那玩意穿穿脱脱的太麻烦，面料还硬，感觉宝宝也不喜欢。"他说。

老何看着儿子一身污渍，把身上的玫红坎肩脱了下来。

“穿这个吧，脏了也不心疼。”

玫红坎肩再一次有了新主人。

全文完

1989.12.6
2003.9.27
我终于看清了真

图书在版编目（CIP）数据

遗物清单 / 秦森主编. -- 北京 : 新世界出版社, 2024. 7. -- ISBN 978-7-5104-7959-5

Ⅰ. I247.7

中国国家版本馆 CIP 数据核字第 2024AN1821 号

遗物清单

作　　者：秦森
选题策划：漫娱图书　马飞
责任编辑：楼淑敏
执行策划：宋旖旎　文梅卓玛
校　　对：宣慧　张杰楠
装帧设计：徐昱冉
责任印制：王宝根
出　　版：新世界出版社
网　　址：http://www.nwp.com.cn
社　　址：北京西城区百万庄大街 24 号（100037）
发 行 部：(010)6899 5968（电话）　(010)6899 0635（电话）
总 编 室：(010)6899 5424（电话）　(010)6832 6679（传真）
版 权 部：+8610 6899 6306（电话）　nwpcd@sina.com（电邮）
印　　刷：武汉市卓源印务有限公司
经　　销：新华书店
开　　本：889mm×1230mm　1/32　　尺　　寸：145mm×210mm
字　　数：158 千字　　印　　张：6.5
版　　次：2024 年 7 月第 1 版　2025 年12月第11次印刷
书　　号：ISBN 978-7-5104-7959-5
定　　价：45.00 元